Zorrie

LAIRD HUNT

佐丽

[美] 莱尔德·亨特 著

于是 译

GUANGXI NORMAL UNIVERSITY PRESS
广西师范大学出版社
·桂林·

惊奇 WONDER BOOKS

佐丽　　　　　出版统筹　周昀　｜　责任编辑　张玉琴
ZUOLI　　　　特约编辑　黄建树　｜　封面设计　郑元柏

Copyright © 2021 by Laird Hunt

著作权合同登记号桂图登字：20-2023-227号

图书在版编目 (CIP) 数据

佐丽 / （美）莱尔德·亨特著；于是译 . -- 桂林：
广西师范大学出版社，2024.2（2025.8 重印）
书名原文：Zorrie
ISBN 978-7-5598-6693-6

Ⅰ . ①佐… Ⅱ . ①莱… ②于… Ⅲ . ①长篇小说－美
国－现代 Ⅳ . ① I712.45

中国国家版本馆 CIP 数据核字 (2024) 第 011712 号

出版发行　广西师范大学出版社
　　　　　地址：广西桂林市五里店路 9 号
　　　　　邮编：541004
　　　　　网址：www.bbtpress.com

出版人　黄轩庄
经销　　全国新华书店
发行热线　010-64284815
印刷　　山东临沂新华印刷物流集团有限责任公司
　　　　地址：山东临沂高新技术产业开发区工业北路东段
　　　　邮编：276017
开本　　787mm × 1092mm　1/32
印张　　6
字数　　100 千字
版次　　2024 年 2 月第 1 版
印次　　2025 年 8 月第 5 次印刷
定价　　49.00 元

如发现印装质量问题，影响阅读，请与出版社发行部门联系调换。

谨以此书献给卡罗琳·R.安德森与斯蒂芬·B.亨特

并纪念莫里斯·O.亨特

三人均出生于印第安纳

她走到艾克莫镇的坡头，望见翁福勒的灯火，像一群星星在夜里闪烁；再往远去，海就隐隐约约展开。

——居斯塔夫·福楼拜，《一颗简单的心》[1]

1　引自《一颗简单的心》，译者：李健吾等，上海三联书店，2014 年。（本书注释如无特别说明，均为译者注。）

1

避开这阴影，躲进这阳光

佐丽·安德伍德干起活儿来很卖力，五十多年来县里无人不知，因此，当锄头终于从她手中慢慢滑落，削皮刀从她掌中滑脱，呼吸变得短浅，甚而日正中午时不得不躺下来时，她非常苦恼。一开始，她在前厅那张破旧的皮躺椅上做这件以前根本无法想象、但现在必须要做的事，收紧下巴，双手紧紧贴住体侧，眼睛盯着天花板上那道长长的裂缝的端点，或是挂在南窗上的彩色玻璃松鸦反射到餐桌腿上的蓝色光斑。如此平躺几分钟，感到呼吸慢下来了，血液回流了，她会让自己放松下来，摇摇头，再去干刚才被打断的活儿。不过，有一次她在园子里滑倒后跌进了纠结一团的大黄，到躺椅上一躺下就睡着了，无梦沉眠一场，直到深夜，猫在边门喵喵直叫、不停地挠门，她才被唤醒。她花了很长时间才彻底清醒过来，就那样躺在那儿，迷迷糊糊地敦促自己睁开眼皮，意识到自己还没完全醒过来时，她好像觉得自己从没这么舒服，这么无忧无虑，这么自在。她在躺椅上放了一只羽毛枕头，又从楼上的衣橱里拿来一条轻薄的羊毛毯。她开始在园子里、院落里干活的间歇规律地小睡。她会背对房间侧躺，看着墙壁的深白色。她会不知不觉地闭起眼睛。她会睡着。偶尔，她会在愧疚感的催促下起来，回到杂草丛生的花草间，或是挂满果实的林间，但大多数日子里，她在匀给小睡的时间里只会盯着墙看，要不然就睡一觉，虽然有时会超过她自己定的时限。有天早上，就在该躺下小睡之前，她看了看枕头、毯子和柔软的皮革，突然意识到自己充满了渴望，这念头伴随着一阵战栗，让她心惊的同时似乎也温暖了她。

她从来都不喜欢做梦。白喉先夺走了她的母亲，又夺走了她的父亲，把她拉扯大的老姑妈对她说，人生来就会梦见魔鬼和黑玫瑰，应当小心。这位姑妈，是她垂死的父亲万般无奈才求助的对象，因为她经历过一次特别失败的婚姻，后又痛饮苦酒，难以自拔。头几个月里，佐丽常常哭着醒来，姑妈就使劲摇晃她，责骂她。要是她尖叫着惊醒过来，还会挨一巴掌。有时候，不管她怎么醒来都会挨一巴掌。要么是因为她把什么东西留在脑海中昏暗不明的走廊里，要么是因为她醒来时看到了什么，总之佐丽开始怀疑姑妈所说的那种沉睡中的、神智自娱自乐的时光，事实证明，这种怀疑延续了一辈子。

白天就不一样了。佐丽蹦蹦跳跳的，因为侧手翻最漂亮，在学校里拿了奖。她和别的孩子在操场上滚铁圈、玩球。她爬树最利落，没人比她快，要说掰手腕，学校里只有两个男生能赢她。他们的老师，托马斯先生，会带领学生们在林间、田野长途步行。托马斯先生经常要求他们在探险途中收集有趣的东西。佐丽会像小狗一样在田里来回奔跑，机灵的双手不停地从地上捡起什么。她会把新发现的东西拿给托马斯先生看，心怦怦直跳。他会把每片叶子、每只蘑菇、每只昆虫举到眼前，或是对着阳光，或是摆到他的放大镜下——佐丽会弯下腰，凑在他的肩膀后头，甚至自己拿着放大镜——并轻轻念叨："很好。非常有意思。这是一件很好的标本，佐丽。干得漂亮。"

下雨的时候，别的孩子都在教室里玩跳棋、转陀螺、蹦来跳去，佐丽却坐在课桌前，皱着眉头，在写字板上埋头苦干。她喜欢课本的霉味，喜欢残留指尖的粉笔灰的触感，也不相信教室别无他用，只能用来学习。她很喜欢托马斯先生教他们唱的歌，喜欢他讲的古早战争故事。她没学会像其他学生那样快速阅读，但只要她读起来就几乎不会犯错。刚入学，她做算术题就特别机灵，凡是和地理相关的题目也都能轻松应对。事实上，她比好几个大孩子更早知道四十八个州的首府和所有南美国家的名字，还会在每晚入睡前一遍又一遍地轻声背诵欧洲主要城市的名字，就这样，她在地理期终考试中拿到了全校最高分。

佐丽在家时，也就是她十五岁生日后理应去上学的那些日子里，她会帮着放羊、种菜、养鸡、做饭或是做姑妈手头在做的针线活儿。虽然那场万劫不复的婚姻让老姑妈对前夫的信仰充满矛盾，但路德教派信仰劳作有救赎的力量，她对这一点的虔信倒是从未动摇，只要佐丽利落地干完活并立刻着手下一个活儿时，老妇人的眼中就会闪现出一星亮光，俨如即将燃尽的炭火释出的一丝热气。在这样的时刻，她那双习惯性抿紧的嘴唇可能会张开，吐出只字片语。有时会说起她曾打算在附近的法兰克福开家花店，在橱窗里摆上芍药或百合肯定很好看，再摆一两把椅子，可以让顾客在炎热时日里逛累后坐下歇会儿。她还会说起自己婚前的一次旅行，去了贝德福德或是布卢明顿，她在那儿的一家布料店里待了几个钟头，抚摸一卷又一卷裙衬、哔叽和丝绸。要隔很长一段时间，她的姑妈才会用细弱但真切的嗓音轻声歌唱，唱的歌大都很忧郁，有一首唱的是穿西装的男人每天从花园里采下一朵花，沿着尘土飞扬的铁轨走五英里，来到心爱的女人家。在歌曲里，有时候他去了一次又一次，直到女人答应嫁给他，有时候他去了一次又一次，直到他或她死去。

她们的铲子在地里刮擦或是飞针走线时，姑妈会在极其罕见的情况下对佐丽的父母评说几句。有一次，在教堂的晚餐会上，一只蓝蜻蜓落到她母亲的手指上，害得她惊叫。她很喜欢黑莓和天使蛋糕，笑声格外响亮。她父亲擅长钉马掌，种地不行，动不动就要掉眼泪。姑妈张嘴说话或唱歌的时候，佐丽只管埋头干活，一直干到手指酸痛、视线模糊还惦记着继续干活。她会一直干，直到感觉有刀子戳进她脖子。她会一直干，直到出了差错才停下来，深吸一口气，在哪儿停下就从哪儿重新开始。在那些漫长的日子里，有一次，她刚缝完一条裙子的下摆就伸手去拿另一条裙子，姑妈称赞她是个好姑娘。佐丽等了好多年，但再也没有听到她这样说。

姑妈在佐丽二十一岁生日三天后死于中风，什么都没留给她——就连前门钥匙都没有，于是，佐丽去法兰克福找工作。那是 1930 年，什么工作都没有。她找了一星期，然后走回乡下，想在一些小城镇试试运气。她敲过很多人家的门，但在杰斐逊，竟然敲开了昔日老师托马斯先生的家门。他的头更秃了，块头更大了，但其他方面没有变化，她很高兴又见到了他。他的家里到处是书和画。壁炉架上摆放着好多照片。一只金色相框里的照片上有个男人拿着帽子，低着头，站在教堂庭院里，还有一只陈列了很多蝴蝶标本的玻璃盒，托马斯先生说那是他多年来在本县的田野和森林里收集来的。朝西的大窗送进习习微风，飘来了薄荷、百里香和金银花的芬芳气息。托马斯先生让佐丽在厨房的餐桌边坐下，再把两块煎蛋三明治、腌胡萝卜和一壶冰茶摆到她面前。佐丽说，为了报偿这一餐，她愿意为他干活，如果能在餐后帮托马斯先生做些眼下要做的家务，不管事大事小，她都乐意，她可以缝纫、切菜、搅奶酪，干很久的活儿。她一边吃一边喝，尽她所能地放慢速度，与此同时，托马斯先生咬着没点燃的烟斗，对她说，她辍学后，他的课堂里时常有人念叨她，昔日的同学都很喜欢她，钦佩她，他本人也对她赞赏有加。他谈起她不管课程有多乏味都能坚定地投入学业，又谈起她坚决又亲善地帮助学业不佳的低年级学生。他想知道有没有人跟她说过，他曾不止一次地想说服她的姑妈让她返校，但怎么说都没用。她说她没听说过这事儿。

"你姑妈这个人真是固执到家。"他说。"我当然听说了她去世的消息。请接受我的哀悼。我猜想，没了她，家里的事会难以为继吧？"

佐丽点点头，笑了笑。关于自己的境况，她不愿意对昔日的老师说谎，哪怕半真半假也不行，但要直说自己现在睡在哪儿，肯定会让他担忧，而那会让她羞愧难当，所以她另起话头，既然她已经在他的餐桌边吃完了，就问起他有什么家务需要她帮忙。他说家务事都不用操心，尤其是这个时间点，学年快结束了，他尽可优哉游哉地打点家园。看她坚持，托马斯先生总算做出了回应，他走开了几分钟，回来时拿着几件少了纽扣、压得扁扁的衬衫。他有一个针线包可以给她用，还有几粒和少掉的纽扣一模一样的"备用"纽扣，她一眼就看出来了，刚才他肯定去了卧室，小心翼翼地扯下了几粒纽扣。佐丽觉得很有意思，先是她，再是他，在如此短暂的片刻里，都害怕引起别扭或不安，都避而不谈真相。有那么一瞬间，过去的岁月仿佛被抛掷一边，他们又回到了他的课堂，她有一股冲动，想举手向托马斯先生提问：真相是坚实得无法更改的，还是娇嫩得轻易就会受伤？但她没问，只是伸手拿起针线包，想到时隔多年又想举手发言，她不禁让嘴角漾起一丝微笑，取代了一个可能很有趣的答案。

缝补时，洗净的衬衫的清香飘散在她身边，托马斯先生咬着他的烟斗，打开一本花叶标本册给她看，有一页上有一片漂亮的红枫叶，边缘环绕着翡翠色，摆放在一朵紫菊花和一簇焦橙色的石斛小菇当中，下方有一行工整的小字："1923 年 10 月 19 日，佐丽·卡利舍采集的标本"。

"是沿着弗里曼农场后头的糖溪走的那天。来了一场暴风雨，所以我们不得不提前回来。"佐丽说。

"我们不得不一路小跑，对吗?"

"可还是淋成了落汤鸡。"

"我的鞋大概过了一星期才干透。我不敢说那双鞋还能恢复如初。"

佐丽摸了摸那一页，指尖绕着小菇的边缘摩挲。"我不知道你把这些东西都保留下来了。"

"都留着呢。能压制的每一样东西，都留了。还有好多这样的标本册，我放在学校里了。"

佐丽的指尖轻轻敲了敲枫叶的茎。她停下脚步捡起它时，第一波硕大的雨滴刚好落下。她已经很多年没想起那一天了，但现在浮现出的清晰记忆令人愉悦，雨滴打落在身上时，他们又是笑又是叫，奔跑在乡间小路时，他们的脚步声俨如赛马场里的马蹄声，他们跑回教室后，托马斯先生的脸上一直挂着开朗的笑容。

"如果你想要，可以把这一页带走。"她缝完最后一件衬衫的纽扣后，他这样说道。

佐丽思忖了一下，想起她前几夜都露宿在星空下，再想象这页标本会怎样，要是再来一场倾盆大雨就更别提了，她便回道："我宁可把这一页和别的标本一起留在这里。"

托马斯先生在门口递给她一袋装得很满的李子，还想把一美元和袋子一起塞进她手心，但佐丽不肯收下那一美元。一顿饭，一袋李子，还有回忆昔日快乐时光的那片刻，已是足够的酬劳，更何况，哪怕她主动要求，最终也没干成什么活儿。

"你在这儿并不是什么都没干，佐丽。"他说，"我和我的衬衫都受益了。往后的日子里，只要你需要你曾经的老师，不管什么事，尽管来找我。好了，去吧。"

那一星期，她每天吃一颗李子，然后向西游荡。还有些人和她一样过日子——运气好的时候能睡在屋里，运气不好就风餐露宿。有时她会停下来，和别人聊几句，或是换口吃的，或是同行一段路，但大部分时间她都是独自前行。在拉斐特，有个驼背的男人让她帮忙搬动堆满种子袋的小农棚，给了她三个分币和一只甜瓜。在阿提卡，有个女人让她帮忙照看孩子并缝补一篮袜子，给了她一片火腿、一块面包和一点蘸面包吃的白脱牛奶。那女人嚼着自己的火腿，问佐丽有没有地方去，有没有人能投靠，虽然托马斯先生的身影在她脑海中飞快地闪过，但她还是扬了扬眉毛，耸了耸肩。"好吧，"那女人说着，用品评的眼光打量着她，又给了她半片火腿，"你不是巨人，但看起来你能照顾好自己。"

她搭上了一辆运种子的卡车，去往莫罗科，其实心里觉得那儿的前景也很暗淡，因此，当卡车司机对她说，只要她肯沿途帮他卸货，就能跟他一路行进到伊利诺伊州时，她欣然同意了。卡车在坎卡基郊外抛锚时，那司机又有了想法：要是他能把手搁在她腿上，时间大概会过得更快。结果佐丽狠狠地打了他一拳，力道之大让他当场呆住，他退缩了，她旋即跑开，跑过了一整片芥末地，跑进了山毛榉小树林。就在那儿，想到父母和可怕的老姑妈相继去世将自己拖到了这个境地，她在美丽的林间哭了一会儿。但很快，她就对自己动气了，因为她一直在哭，因为她把已作古的可怜的姑妈想成可怕的人，哪怕平心而论她确实让人不舒服，于是她振作精神，迈开大步走进小镇，一边走一边告诫自己：她必须好好活下去，要配得上阿提卡那女人的品评。她去药店问谁需要帮手，因为她还不想挨饿，接着又去面包店和便餐馆抛出同样的问题，做出同样的声明。没有人需要她干什么活，也没有人愿意扯下衬衫上的纽扣帮她脱离困境，但在加油站旁边，有个穿着大号工作服的好心人分了她一半三明治，还跟她说，如果她的眼神好，手脚快，每年的这个时候，去渥太华的路上都会有人招工。

她花了两天才到那里。第一天，她步行，因为路过的好几辆车的司机的模样都让她喜欢不起来。第二天，她搭了三次车，每一程都不到十英里，直到傍晚才坐上了第四辆车，直接开到了镭表盘公司的大门口。办公室已经关门了，但窗上有块牌子，上面写着"招收勤劳女工"。第二天一大早，她就站到那块牌子下面。

那工厂是一所高中改建而成的，她要坐在宽敞、通风的大厂房里用发光的颜料在钟面上描涂数字。有人告诉她，这是一项重要的工作。不仅本地区的家家户户，就连强大的国家军队都指望着这种工作能妥善完成。她聆听了二十分钟的指导，内容包括对那种暗黄色粉末安全性的一些解释：她得先把湿刷子浸入暗黄色粉末，再用双唇把刷头抿尖。粉末的味道很像金属混同老树根——哪怕食品储藏柜里还有别的选择，姑妈也非要拿它们煮着吃。一开始，她在练手用的表盘上描，画出的线条和数字歪歪扭扭不成样儿。但没过多久，她就摸索出了门道，涂画得有模有样，师傅点点头，在她肩膀上拍了一下，说她现在可以去上工了。

师傅走后，坐在佐丽两边的女孩们站起来，拽着她的胳膊肘，把她带到隔壁的洗手间，那个房间没有窗，她们让她站在水槽前，面对上方的镜子，再颇有仪式感地关灯。佐丽一眼就看到自己的嘴唇变成鲜明的黄色，继而又看到她的指尖斑斑点点都在发光。她身后的两个女孩也都莹莹闪光。一个女孩在脸颊上画了一颗心。另一个在额头画了一只眼睛。她们的头发和衣裙都在闪光。她们的嘴唇和牙齿也是金闪闪的。她们挥舞手臂，摇摆肩膀，一小团发光的粉末在黑暗中飘散开来，伴随着她们咯咯的笑声。

脸上画心的女孩说："我叫玛丽·马丁斯。"额上画眼睛的女孩说："我叫贾妮·克莱蒙斯。"跟着她俩走出洗手间时，佐丽觉得自己的脑袋好像要从肩膀上飘起来了，双脚也轻飘飘的。她觉得自己整个人都可能从地板上升腾而起，扭动，飘浮，升向天花板下的横梁。玛丽和贾妮都把自己的午餐分给她。她们就在自己的工位上吃饭，还有一碗薄荷糖，她俩鼓动佐丽自己拿糖吃。许多女孩都把糖果放在近旁，以抵消涂料的味道。她们常常开心地笑，刷笔在钟面上飞舞，一边工作一边聊天，几乎说个不停。

前一天晚上，佐丽睡在一个废弃谷仓的干草棚里，谷仓在一片绿油油的麦田后头，麦田顺坡而下，一直延伸到伊利诺伊河的岸边。天色已晚，她开始往谷仓走，但贾妮把她叫了回来。她说佐丽不能随便找个谷仓过夜。佐丽问贾妮怎么知道她要去哪儿，贾妮笑着说，渥太华是个巴掌大的小镇。一起回她家时，她告诉佐丽，她已经想好了，只要攒够钱，她就搬去芝加哥。她会住在自己的公寓里，每天坐 L 线，永远不再回渥太华的老家。不过，逢年过节回来几次也是可以的。她不太喜欢圣诞节，但复活节和国庆节挺好玩的。佐丽问她 L 线是什么。贾妮又笑了，一把勾住佐丽的胳膊。走到她家时，贾妮和一群弟弟妹妹拥抱、亲吻，推搡出一条道儿来，一走进她的小卧室——她已经给家里挣钱了，所以有自己的房间——就拿来一张明信片给佐丽看，照片上是一条离地二十五英尺的高架铁路线。"今天晚上你会想着钟面，但在这儿待上一阵子，你就会去想可以把你送上星星的高架列车了。"

当天晚上以及随后的几个晚上，佐丽都太累了，压根儿没去想钟面，她倒乐于什么都不想，但只要贾妮讲起芝加哥，她怎么听都听不腻。有时玛丽也会来，在贾妮母亲摆好的大餐桌旁坐下，吃完饭忙完杂务后，她们三人就会在安静的街道上走走。有一两次，她们偶遇了工厂里别的女孩，便聚在一起，像个大大的发光体穿过小镇。在她们的陪伴下，佐丽生平第一次看了电影。跟她们一起，她吃到了人生中第一支冰激凌圣代。她领取第一份工资时，玛丽在她旁边，贾妮在另一边，她们周日礼拜并排坐时也是这样的次序。她们在福克斯河、伊利诺伊河里游泳。她们把手举过头顶，翘起高跟鞋，对着那些男孩摇摆裙角，他们总是隔着一段距离轻声起哄，随时都会开玩笑、跳几个舞步。佐丽常常说起家乡和印第安纳州，甚至没有意识到自己三句不离印第安纳。工厂里有个女工给她起了绰号，叫她"印第安纳"，但并没有很多人这样叫她。镇上的人把所有在镭表盘工厂里用一把刷子干活的女工统称为"幽灵女孩"。有天晚上，佐丽和贾妮在她最小的妹妹的床架上画了圆圈和方块，好让小床在她们睡觉时发光。她们给几个妹妹讲了个与之相配的故事，故事里有个神奇的国度，到处是仙女。轮到佐丽讲的时候，她想起了姑妈家附近的风景，但她没有说。玛丽几乎总是随身带着一罐公司的月光粉，夜里，只要待在贾妮家的门廊上感觉太沉闷或只是太安静时，她就捏出一撮闪闪发光的月光粉，扔向夜空，并大声唱道："幽灵女孩，幽灵女孩，你的头发为什么这么长？"

头发是助理主管最爱的话题之一。他认为，年轻女工们俯身用刷笔在表盘上描画时光扎马尾还不够，还应该戴上特殊的安全帽或网帽，但女孩们一笑而过，都跟他说那太难看了。这位助理主管满脑子想的都是与世间险恶作斗争。他有些耳背，因为小时候发过一次高烧，而且，在佐丽看来，要是他听力更好，他肯定会说得更多。镭是他最爱的话题。他说镭比黄金更神奇，比钻石更珍贵。他说，和镭有关的伟大故事早晚会被著成书，故事已在慢慢成形了，也许就发生在这层厂房里。他喜欢对女工们说，他在自己喝的、吃的东西里都放了一撮镭。他甚至会在从杂货店买来的可口可乐瓶子里加一撮镭，每天午餐时都喝。有些餐具里加了镭，有些珠串裹了镭粉，戴上这种首饰后就能让脖子、手腕发出夜光。在欧洲，一家公司在羊毛衫里添加镭，说是能让孩子们觉得特别暖和。"想想看啊，"他对佐丽说，"我想学学他们是怎么办到的，然后亲自试试，看看我能不能做出一件来。"

佐丽也琢磨了一下。她小时候常常觉得冷，但即便是在寒冷的清晨，坐在教堂里，姑妈也从来不让她靠近，不让她依偎到一点暖意。要是她能穿上一层暖和的镭，大概就不会那么想妈妈了，其实她几乎不记得妈妈的样子了。她问贾妮有妈妈是什么感觉，贾妮倾下身，在佐丽的头顶亲了一下，然后把她转过去，朝她的座位上踢了一脚，对她说，妈妈就等于这两件事，有时候这个比那个多，但最后算总账就会扯平。玛丽说，她和妈妈在一起不是亲和踢，更像是微风和大风、雨和雪。"雪积起来，你就必须铲掉。"贾妮说。佐丽觉得这种说法很有趣，又说不好是为什么，但当她俩笑起来后，她也跟着笑了。

她们穿过镇子或沿着河边散步时，佐丽时常想起托马斯先生，她那敏锐的眼光总会发现一些值得捡的东西。她把自己捡来的空鸟巢、箭头、帝王蝶的翅膀、乌龟壳和一把四叶草都做成了礼物。玛丽得到的是一只河贝，阳光照射上去时，它简直就和月光粉涂料一样美，贾妮得到的是一颗超大的珍珠，有个周日，她们去过教堂后在附近探索了一栋废弃的屋宅，很久很久以前的某个时节，有人把那颗珍珠遗落在一只空抽屉的最里头。贾妮说，就算去商店也买不到比这更漂亮的东西。下一次去跳舞时，她俩都把礼物串在项链上，戴在颈项。手和脸都被涂成荧光，但最闪亮的还是那只贝壳和那颗珍珠。那晚，男孩们活脱脱就像扑火的飞蛾，紧紧地挤在贾妮和玛丽身边，佐丽不得不帮忙轰走他们，还不止一次。"送我们礼物的是你，英勇保护我们的也是你，我们将永远爱你。"她们在舞曲间歇时盯着她的眼睛齐声说道。夜色渐深，人群散去，她们三人手拉手跑过空旷的街道，在一轮巨大的月亮下跳跃、尖叫、欢笑。

佐丽知道，她以后最怀念的肯定就是这样的时光，快干完第二个月时，她屈服于印第安纳的召唤，登上大巴，隔着积灰的车窗朝朋友们挥手道别，回家。只不过，她已无家可归。听了贾妮的撺掇，她有了一点模糊的概念，想去申领姑妈的遗产，但当她鼓足勇气向县里的官员提请时，官员说她姑妈去世时留下大量长期债务尚未清偿，所以财产已被拍卖。

无论如何，那仍是印第安纳，她是从那儿的泥土里长出来的人，她这个人、她的感受、她的思想、她的知识都是从那儿来的。贾妮曾试图说服她相信伊利诺伊的泥土和印第安纳的泥土是一样的，伊利诺伊的天空和印第安纳的天空也是一样的，但没能让她信服。佐丽保证会给贾妮寄信，也真的寄出了信，还在寄宿公寓里收到了贾妮的回信，她攒下了之前的工资，还在法兰克福的国家雪茄公司谋到了卷班克波烟的工作，因而住进了一间简陋的公寓。贾妮写完自己如何度过白天和夜晚后，在信的末尾写道："我们好想你！我们好想你！我们好想你！"玛丽又在这句话下面加了两道下划线，"真的！"

归乡后不久的一个星期六下午，佐丽搭便车去杰斐逊镇拜访托马斯先生，心心念念想把自己在渥太华的新奇经历讲给他听。她留了一罐月光粉，还有她亲手画的最后一个钟面，她都带了去，想给他看。一想到又能见到他，她就喜不自胜，甚至想到自己可以提议在他的甲虫和蝴蝶上撒点粉末，到了晚上，它们就能像白天一样为他闪耀漂亮的光芒，可是等她走到那栋小屋时却发现前门挂了锁，窗户都被封住了。有个拿着园艺叉、被一丛飞燕草围住的邻居说托马斯先生在七月份收到县里来的一封信，说他的课今年不开了，他就决定搬走，搬去埃文斯维尔附近的什么地方，去和他的一个姐妹一起生活。

"他收到那封信后，不出一个礼拜就走了，就像被人从猎枪里打出来那样。"女邻居这样说道。

佐丽从他的院子里摘了一枝金银花和一把薄荷叶，一边闻，一边走回法兰克福，思忖着托马斯先生有没有带走他的书、照片和标本册，她希望他都带走了。除了撒月光粉、显摆精细涂画的钟面，也许，假如胆子够大，她还想描述自己在伊利诺伊州的夜空下和别的女孩一起发光片刻的感受，她还想问他，现在能不能把那页标本给她，现在的她会很自豪，因为她好歹安定下来了，可以把那些标本贴在墙上。她突然意识到，提出这个要求就等于制造了一个机会，等于向他承认她上次来的时候并不算百分百的诚实，她那时没有住在任何人家，尤其是姑妈家，甚至可以坦白她早就知道他出于好意在纽扣上动了小手脚，不过，诚实到这个份儿上大概有点过头了。

回到自己的公寓后，她把那罐粉末、钟面还有贾妮的信都收进一只超大的班克波雪茄盒里，那是她从卷烟厂里捡回来的废品。随后的几个星期，每当她无法入睡，感觉到深夜的重量压在她身上，想念她的朋友们，但愿托马斯先生没有搬走时，她就会打开盒子，取出钟面，看着上面工整、发光的数字。她把盒盖重新扣牢时，会有些月光粉震撒出来，落在盒里，所以盒子里面也会发光。不止一次，等到住在她窗外桑树丛中的鹟鹟终于开始唱响晨曲时，她才收起钟面，扣下盒盖，而靠在有裂缝的窗玻璃上的枕套也会发出光芒，仿佛自带光环，萌生出新鲜的光泽，这令她十分欣慰。

2

交汇在一起，这一天的经历显得那么丰富多彩 [1]

1　引自《海浪》，作者：弗吉尼亚·伍尔夫，译者：吴钧燮，人民文学出版社，2022 年。

秋去冬来，佐丽的工作也随之变化。她在小镇广场上的干货店干了一段时间，但填写订单的活儿和老板刻薄的言辞都不太适合她，所以，她又去罗斯维尔的种子公司另找了一份工作，在附近的田里拿着锄头干了几年活，还定期参加联合卫理公会的礼拜，大家对她的评价很高。种子公司倒闭后，雇佣她的农夫也退休了，她便又一次打点行李，辞别众人。

　　她先去了博伊莱斯顿，又去了福里斯特，帮住在教堂对街的老夫妇劈柴、堆木头。她会一边堆一边唱玛丽那首《幽灵女孩》的老调子。她有段日子没想起那首歌了，现在还能唱出来让她很开心。老人夸她唱歌有技巧，但嘴里太湿润了。他叫她咽了两次口水，再用舌头轻轻润润嘴唇。对于节奏和音调，他也评点了一句。他说，要把她紧闭的嘴唇想象成银笛光滑的笛身。经他点拨，佐丽试唱了《诚愿世间和平》和《我们能否聚在河边？》。老人也唱了一遍。等他唱完，佐丽连连拍手。"回头我们还能聊聊风格。"他这样说，又让她用哨音从头来一遍。

格斯和贝茜这对老夫妇姓安德伍德，家里有个空闲的房间，屋里有张小床，但没人睡。佐丽把她的大雪茄盒放在窗台上，做饭，洗衣，给他们养在后院棚里的那头奶牛挤奶。她搅黄油，把火腿和豆子装罐储存，和他们一起去街对面的教堂，晚上陪他们撑开腿脚坐在前廊，让他俩舒坦极了，就像他们一再重申的那样。他们问她从哪里来，她告诉他们，自己的父母多年前死在蒂普顿县的那一头，又说了她和老姑妈同住的那些年，她在渥太华的几个月，还有游荡在路上的那些时光。被她这么一说，居无定所、风餐露宿的日子好像比安居一处更有趣，但基本上也算实话实说。贝茜说她年轻时也很不容易，还问佐丽这些年里孤孤单单的，是不是特别难。佐丽说她大多数情况下都不介意孤单，这是真心话，但又停顿一下，补了一句，说孤独未必是她渴望的。"那么，你到底渴望什么？"格斯如此问道，眼里闪现出佐丽以前没见过的光彩，她花了点时间才明白那暗示了什么。贝茜的表情就如丈夫的翻版。佐丽已经知道他们退休前曾在希利斯伯格附近经营家庭农场，农场现在已由他们的儿子"掌权"。贝茜开口说道，他们这儿子将会是佐丽见过的最帅的小伙儿。听了这话，格斯眨了眨眼，并让他那管光滑的笛身吹出了一声哨音。

"他生得晚。"贝茜说。

"比你大不了多少。"格斯说。

"我们一直在祈祷他乐意相识的人出现。"

"现在，这人不就出现了嘛。"

佐丽笑了，摇摇头，说她对这种事一窍不通——相比起她即兴讲述的个人经历，"一窍不通"的说法要夸张得多。当年她在渥太华仔细观察过不止一个男孩，还和贾妮、玛丽谈论过他们的宽肩、窄腰，她在路上、在田里、在罗斯维尔的商店里见过一些外貌合乎她心意的男孩，甚至和某些男孩来来回回地交换过眼神，她至今仍会常常想起他们，真要坦白的话，她的脸肯定会红到爆炸。因而，下一个周日去教堂时，他们把儿子介绍给她，佐丽并不像真的一窍不通的人那样惊讶，但她和他握了握手，抬头看向他的绿色眼眸，却发现自己说不出话来。牧师的布道她也听不进去，牧师让会众翻开各自的赞美诗，她却发现自己唱不出来。她站在那儿，很想知道哈罗德·安德伍德的眼神是如何径直深入她的喉咙、偷走她的声音的，她首先想到的不是这几年见过的英俊男孩，而是另一个人，一个清瘦的小伙儿，他曾敲响老姑妈的家门，哪怕姑妈拿了把扫帚威胁他、冲他吼、叫他走，他还是站在门外。到最后，那个男孩终究是走了，没有再来，佐丽从那之后再也没见过他。然而，此刻，她站在教堂里，唱不出来，却和当年的他感同身受，她都不记得他的模样了，只记得那是傍晚，只记得他的一头金发在暮色中闪闪发光。

她的沉默一直持续到了晚餐。每样菜上来，贝茜都坚持让儿子多吃一点。当贝茜把第三片馅饼放进他的盘子时，他有点疲惫地朝佐丽笑了笑，耸了耸肩。他的牙齿又大又白。他的脸红了。淡淡的汗渍在他的白衬衫的肩部留下较深的印迹，好像有个非常喜欢他的女人把手心按在那儿似的。哈罗德注意到傍晚的余晖还留有几道漂亮的晚霞，就提议他俩出去走走，佐丽仔细地叠好她的餐巾，站了起来。

他们走在巨大的黑橡树下，走在蔓延开来的金钟花丛边，走过几个需要除草的花园和几个不需要除草的花园，穿过教堂外的草坪，有些小女孩正穿着礼拜日的裙子在那儿追来跑去。佐丽捡起一块圆润得无可挑剔的卵石，抛向空中，哈罗德接住了它。他又把石头扔回来，她也接住了。一只特别肥大的蜜蜂在一朵粉玫瑰的花蕊里乱撞乱飞，逗得哈罗德笑出声来，佐丽也露出微笑。远处有几条狗不知为何在叫，有位头戴精致的紫色帽子的女人，迈着矜持的小步子，手捧着一盒看似生日蛋糕的东西，轻手轻脚地从他们面前走过。哈罗德对她说，他以前没遇到过叫佐丽的人，她是第一个，他很不好意思地说自己甚至不确定该怎么拼写。佐丽找到了自己的声音——不是被偷了，而是掩藏在某种感受（恰如小时候在托马斯先生的课堂里背过的那些绕口的国家名称带来的奇特感）的旋涡里——她说的是，"H-A-R-O-L-D。"

入夏，他们结婚了。佐丽穿的是贝茜的裙子。婚礼的开始和结束时各念了一遍主祷文。每一次念"因为国度、权柄、荣耀，全是你的，直到永远。阿门……"，她都被这些词句里善良、勇敢的美好寓意感动到泪眼蒙眬。新郎新娘亲吻时，格斯吹出一声响亮的口哨。佐丽的嘴唇从未触碰过任何人的嘴唇，原来这是真的——她们看电影看到激情的一幕时玛丽在她耳边轻声说过：看人接吻和亲自接吻完全是两码事。

哈罗德有一百英亩地，位于希利斯伯格南部的一块缓坡，种了豆子、燕麦、小麦和玉米，养了奶牛、猪和鸡。还有一栋白房子和一座白谷仓，外加一个放农具的工棚。山核桃树和糖枫树歪向这边或那边。砍掉的柿子树桩上长出了一朵黄玫瑰。那栋房子里充溢着单身汉的气息。佐丽花了一星期打扫干净，再把注意力转向园子。园子里种了些生菜，菠菜被动物嚼烂了，还有一排看上去应该是洋葱的东西。甜玉米笋完全被杂草埋没了。佐丽把哈罗德叫过来，看看园子，又看看他。哈罗德笑了，伸手搂住佐丽的腰，说这儿看起来真糟糕啊。佐丽也用笑容回应他，叫他去拿把锄头给她。

夜晚总是神秘的。他们会把盘子端到有纱门的前廊，边吃边看黄昏笼罩的庭院、树林和田野。萤火虫在空中留下黄绿色的踪迹，树蟋叫嚣，天空净爽时，金星在渐暗渐深的蓝色中显现亮光。时不时会有一只未归巢的松鸦飞速掠过，佐丽会想象它以飞翔的方式，将她的岁月铭刻在清凉的空气里，飞出奇异的弧线，不仅飞越了这个庭院，还飞过了伊利诺伊的山毛榉林，从那个她独自哭泣过的林子一路飞来。她为两人备好简单餐食，哈罗德会在吃饭的间歇说说话，语音轻柔。他们洗碗、擦干、收好碗碟的时候，他也会说点什么。后来，当他们躺在一起，缠绵相拥几个小时，他会说上一会儿后住口。

佐丽睡得很浅，时醒时眠，但睡得很香。有些夜里，她醒来或睡不着时，四壁消退，即将到来的一天展现在她眼前。她躺在那儿，听着蟋蟀的叫声，却能感觉到玉米顶着她的腰和手腕，豆茎缠在一起绊着她的脚踝。湿润的泥土牢牢吸住她的鞋。阳光狠狠地鞭打在她的后脑勺上。佐丽，佐丽·安德伍德，哈罗德用柔和的声音，让她的新名字从他的帽檐下飞出来，穿越绿色的波涛向她飞去。她不是在做梦。哈罗德睡得像只小羔羊。她没有打开雪茄盒，但深沉的夜色时光似乎依然饱含光芒。

七月四日，希利斯伯格学校操场上举办了一场野餐会。格斯和贝茜从福里斯特开车过来，带了四只馅饼和一张羽毛球网。这栋校舍比佐丽、玛丽和贾妮一起画过表盘的那所高中小得多。她站在外面，盯着西侧的一排窗户望了一会儿，恍然意识到自己已很久没有拿过刷笔了。贝茜看到佐丽很激动，大呼小叫，还在哈罗德的脸颊上响亮地亲上一口，再到旁边和一些上了年纪的妇女聊天，她和格斯已经离开了这个农场，所以有点跟不上她们的话题了。

聚会相当盛大。小孩子尖叫着互相追逐，大一点的孩子用麻袋和球自己玩游戏，或是轮流打羽毛球。再大一点的青少年三三两两地站在一起，或是互相取笑，或是说着悄悄话，偶尔也会盯着对方的眼睛看。人们支起一块绿色大篷布，以供遮阳。贝茜和她的朋友们都坐在遮阳篷下，为自己扇风，不太讲究地啜饮着柠檬水，欢声笑语不断。格斯在羽毛球网边给大家做示范。轮到佐丽和他正在教的一个学生打球时，他在球场旁边跳来跳去，用力击打一只备用的羽毛球，一边说着："看啊，看好了，就这样打。"

哈罗德站在一群男人当中，他们都和他一样穿着宽松的棉布裤。他们的手上和前臂上都有割伤和擦伤，脸孔都被太阳晒成了深浅不一的红铜色。有个男人站在外圈，其他人交谈时，他始终望着通往玉米地和远处树林的道路。佐丽不会大声说出来，但心里觉得他的英俊和哈罗德不相上下，但个头儿未必比哈罗德高出几分，她想知道到底差多少。大多数男人站着时都把手搭在臀部，或是随意地塞进口袋，他却很奇特，双手贴在体侧，动也不动。时不时地，这群人中的这个或那个会转向他，说些什么，或是拍拍他的肩膀。他会报以笑容，却不答话，好像他既在那儿，又不在那儿。

佐丽和格斯打了一局羽毛球，友好地打成平手后，她就去帮忙摆食品桌。有个叫菲比·约翰逊的女人递给她一条亮蓝色的围裙和一大把公勺。还有个女人叫鲁比·萨默斯，问佐丽能不能帮她把卡车上的一只潘趣酒碗和一些杯子拿过来。这儿的女人和男人一样，满手满脸饱经沧桑。她们中很少有人涂口红。好些人的裙子显然是照同一个版式剪裁的。她们谈自家的花园、她们的社交俱乐部、这个时代带来的挑战，还会大声地调侃自己带来的食物，好让别人尽情地反驳她们。好像没有人必须搞清楚佐丽从哪儿冒出来，或是她怎会来到这个县的这个地方。她是贝茜的儿媳妇，这对她们来说好像就足够了。她们指出各自的丈夫，大致比画了一下各家农场的方位，还称赞佐丽把握住了哈罗德这么理想的丈夫。这时，鲁比朝佐丽挤挤眼，说她觉得这话应该反过来说，是哈罗德运气好。听到鲁比的这句话，一直徘徊在谈话圈外的几个女孩绕着桌子转起来，吹起了口哨。隔了一分钟，鲁比也站起来，吹起了口哨，然后，佐丽也吹起来了。

后院角落里的一棵老红橡树下摆了几张餐桌，他们围着桌子准备吃饭。卡特牧师做了一次特别冗长的祷告，在佐丽的脑海中激发出众神发怒、令人惴惴的联想，也让大伙儿等到祷告结束、喊出"阿门"时好像都饿得不行了。哈罗德、佐丽和约翰逊一家、达夫一家坐一桌。欧内斯特·约翰逊沉默寡言，脸盘宽大，有一双棕色的大眼睛，而且胃口极好，一连往返食品桌好几趟才能满足他的胃口。火腿、豆子、奶油玉米和各种砂锅菜都让他大快朵颐，佐丽光是看他吃得那么起劲儿就觉得饱了。他吃东西的时候，佐丽就看他吃，也看身边的新邻居们，汗珠和过节的兴奋感让他们的脸膛亮晶晶的，菲比在和海伦·达夫讨论被套的花样，拉尔夫·达夫在和哈罗德讨论燕麦的产量。后来，佐丽先前注意到的那个年轻人——他和鲁比、鲁比的丈夫维吉尔、格斯和凯蒂·罗斯坐一桌——站起身，朝校舍走去。

"诺亚走了。"欧内斯特说着，抬头看了看滴下汁水的一勺豆子。

"那是鲁比和维吉尔的儿子。"哈罗德对佐丽解释道，"他有时会来帮忙。有一副结实的好臂膀。就是有点和别人不太一样。"

"他这阵子可不容易，可怜的家伙。"海伦说。

"太难熬了。"拉尔夫说。

别人都没说什么。佐丽把一片玉米面包放进嘴里，慢慢地咀嚼，望着诺亚·萨默斯在教学楼的台阶上坐下，长胳膊抱在胸前。

吃完后，有些男人和小男孩去街尾斯托家的冰窖抱了些西瓜回来。劈开第一只西瓜时响起了欢呼声，没过多久，清凉的西瓜汁就顺着手指、手腕滴落下来，学校操场上到处可见欢欣的笑脸。格斯想出一个点子：比赛吐瓜子，引来了好多人。先是孩子们比赛，再是大人们上阵。哈罗德和维吉尔·萨默斯杀进了决赛，最后一局里，维吉尔以两英寸的优势赢了哈罗德。

佐丽端着一盘切片西瓜走来走去。西瓜已经不冰了，她觉得捧着托盘的双手黏糊糊的。有几个男孩一把夺走托盘上的西瓜，她不喜欢他们看她的眼神，好像还听到有人说了句什么，关于她的裙子，听起来不像是恭维。在那突然变得不和谐的三十秒钟里，她只想放下托盘，洗手，跑回家，藏到床底下去，但随后她看到哈罗德在草坪那边大笑，胳膊搭在维吉尔的肩膀上，又过了一会儿，贝茜走到她身边，碰了碰她的胳膊，说道："哦，我的天呀，好热！"

是啊，行吧。佐丽心想。

暮色降临，蚊子出动了，很多人噼里啪啦地拍起来。接着，萤火虫飞出来了，孩子们拿着玻璃罐追着它们跑。海伦·达夫监管架篝火的事儿，尽管天气这么热，他们还是想营造出更浓郁的节日气氛。好像来了更多成双成对的人。其中一些还不知如何亲密地站在一起，彼此不断地靠近又远离。诺亚·萨默斯似乎已不见踪影。

佐丽、哈罗德和鲁比、维吉尔坐在一起，他们三人都在听维吉尔讲话。佐丽从没听过人这样讲话。有点像卡特牧师的祷告，但又完全不涉及宗教。关于罗马的内容相当多，提及的法国作家不止一两个，还不断跳跃到别的话题，天马行空。他稍作暂停时，佐丽说她好像需要一本字典才能跟上，鲁比说："我们都需要。"

哈罗德说:"维吉尔以前在学校教书。"

"教过我,"鲁比说,"虽然我在课堂里不值一提。"

"Ad astra per aspera,"维吉尔说,"她是我心中最亮的那颗星。"

"维吉尔会说法语。"哈罗德说。

"没错,"维吉尔说,"但我刚才说的是拉丁语。"

佐丽说她以前有一个好老师,但从没听过法语。

维吉尔拧起眉头,说:"Ce n'est pas toujours facile de vivre sur terre。"

"什么意思?"她问。

"和拉丁文差不多:'道阻且长,通往天堂。'"维吉尔对佐丽挤了挤眼睛,又说道,"如果我没弄错的话,《圣经》里的字字句句都在讲这个意思。"

"也不是每个字啦,夫君。"鲁比说。

"那就说是大部分吧。"

他们彼此微笑。佐丽喜欢他们这样,看起来像同一个句子的两半。她也喜欢他们经常拉住对方的手的样子。

"那就扯平,说'有些字句'好了。"鲁比说。

"好的,夫人。"维吉尔说,"就这么定了。"

一切就绪后,刚才赢得孩童组吐瓜子比赛冠军的孩子,艾米莉·欧文斯,走过去点火。木块已被纵横交错地铺叠起来，上面盖了很多树皮、引火柴和纸团。艾米莉用火柴点燃后，橙色的火焰就向四面八方蔓延开去。太热了，近处待不住，但这并没有妨碍每个人都将目光转向篝火。跳跃的火光映照在她的新邻居们的脸上，让他们的面容一下子清晰起来，之前，他们几乎都被吞没在暗影中。佐丽微笑着转向哈罗德，但哈罗德没看到她，过了一会儿，诺亚·萨默斯从黑暗中走了出来。他的头发乱糟糟的，浑身是汗，所以他的手和脸都发散出光亮，甚至隔着一段距离也比任何人都明亮。他肯定沾了些月光粉，佐丽心想。他快步走上前，双手僵硬地贴在身体两侧，站到离火堆不到一英尺的地方。他倾身向前，下颌收紧，头微微向左歪，凝视着火苗。佐丽可以看到他前臂的肌肉在颤抖。海伦·达夫用手捂住了自己的嘴。劳埃德·达夫向前迈了一步。维吉尔准备站起来，但就在这时，诺亚看向维吉尔，摇了摇头，耸了耸肩，向后退了一步，转过身来，走到卡特牧师和艾米莉·欧文斯之间，带着映照周身的火光，浑身发光地大步走回黑暗中。

"他一向特立独行，"那天晚上，他们轮流泡了凉水澡，坐在床单上，一勺勺舀着佐丽从冰柜里拿出来的一罐冰镇覆盆子时，哈罗德说，"但要说他最近经历的事儿，只要一想起来，哪怕天再热，我都会一激灵。"

"我们离开时，牧师对维吉尔说了什么？"

"他希望诺亚去找他谈谈。"

"他会吗？"

"不一定。"

换作是我也不会，佐丽想着，闭上眼睛，又睁开，把蜜饯罐放到一边，挽起哈罗德的胳膊。"她几时能出来？"

"我不知道。我觉得他们都不知道。她以前就进去过。他们不让诺亚再上去看她了。他上次就想去，结果闹出了很大的动静，他们说她也过于激动了。"

诺亚披着光芒从黑暗中走出来时，佐丽无法移开视线。她试着去想象奥珀尔·萨默斯，诺亚新婚数月的妻子，婚后不到一年就被送回了洛根斯波特州立医院，因为她在家中纵火，还不肯离开，结果诺亚不得不进屋把她救出来。她想象奥珀尔现在躺在一个比这间屋子大得多、暗得多、热得多的大房间里。她再去想象诺亚，他躺在她家旁边的农场那栋有绿色屋顶的褐色大屋里的一张床上，脑海里只有烟雾和消失的妻子，然后，她的神思涣散了，于是诺亚颀长的身体和西瓜片、艾米莉·欧文斯的火柴、贝茜说"哦，我的天啊"、欧内斯特·约翰逊滴着汤汁的叉子融为了一体。

纽顿家的农场以 L 形分布在他们家的农场周围。另一边是萨默斯家的农场，达夫家的和邓恩家的散布在远处水渠的另一边。在这儿，家家户户都会互相帮忙，佐丽总是和哈罗德一起在田里干活，所以很快就成为这一带农场里的熟面孔。她非常喜欢这里的泥土，有浓重的黏土味，也喜欢脖子和肩膀随着一天劳作蔓延出温醇的酸痛感。她非常喜欢经过漫长的一天，穿过纠缠的豆茎、散发香甜气息的三叶草走回家。她非常喜欢和杰拉尔德·邓恩、劳埃德·达夫或维吉尔·萨默斯在栅栏边相遇时成为他们开玩笑的对象，更喜欢自己双手撑腰回嘴取笑他们时，他们都会眼睛一亮。住在姑妈家时，乃至住在法兰克福和罗斯维尔附近的那些年里，她一直没有感受过季节流转的律动，但在这儿，在自家农场里，忙碌的春天、夏天和秋天在绿色和棕色的斑驳交错中过去，接着是漫长而宁静的冬天，一连好几个星期似乎只有鸡爪抓挠、猪蹭来蹭去发出的动静。

天寒地冻的那几个月里，他们轮流读书给对方听。佐丽喜欢听哈罗德读《诗篇》。她会闭起眼睛，沉浸在童年时曾觉得抽象得无法想象的画面中，幻想上帝本人伴她前行，光像雨一样从高高的云层中洒落。维吉尔经常借书给他们看。哈罗德最喜欢看希罗多德。他和她都对一些人名犯怵，很难记住谁和谁争斗，但这些故事都奇特得无与伦比。"你想象一下啊，"哈罗德有天下午说道，"想象你去天地间，以剑斗风。"气温下降，临近傍晚又开始下雪时，哈罗德鞠了一躬，献给佐丽一把小斧头，匹配他已拿在手里的凿刀，他俩就傻笑着冲到外面，连外套都不穿，想看看他们斗雪斗寒有没有好运。

周五晚上，要是路没有被雪埋起来，他们就开车去福里斯特，和格斯、贝茜玩牌。格斯总是很较真儿，一旦等得不耐烦，或是眼看要输时，指尖就会轻扣木桌。贝茜很难集中注意力，总是跳起来去查看厨房里的情况。佐丽打牌很有一套，被誉为最理想的牌搭子。哈罗德出牌前要思忖良久，总是笑，打得却很保守。

打完牌，格斯要么欢呼，要么埋怨自己运气不好，然后他们就坐到前厅的壁炉边，小口喝热可可。他们结婚后的第三个冬天，有天晚上的谈话让人昏昏欲睡，哈罗德就开始夸佐丽。他夸她把账目打理得井井有条，夸她帮他制订了下一年的农作计划，夸她可以大声背诵《诗篇》中的许多诗歌，还做得一手好饭，把屋子打扫得那么干净，感觉就像住在豪华酒店里。哪怕这些事以前说过很多次了，他还是滔滔不绝地夸个不停，结果把格斯逗乐了，贝茜说："我敢说，还有别的事可以让你夸吧。"佐丽的脸都红了，说："你们，都别说了。"

听了这话，哈罗德站起身，凑到佐丽的脸上亲了一下，又在餐具柜旁跳了几个舞步，一只手在红木面板上打节拍，还对格斯说，最好来点儿雪茄。

"我就知道!"贝茜说。

"我有整整一蒲式耳的雪茄!"格斯说。

佐丽笑着，低头看自己的那杯可可，将它慢慢地送到嘴边，喝了一大口。

一开始，只在清晨和某些意想不到的时段有点难受。有天下午，哈罗德看到佐丽从洗手间出来后抹了抹嘴，就说她最好休息一下，晚上要做的家务都可以让他做。她凑在壁炉边，把双脚翘起来，烤了十分钟，一分不多一秒不少，然后穿上靴子，和哈罗德一起去了谷仓。他们喂了牛和猪，铺上新鲜的干草，又去看了鸡舍，黑色的鸡眼睛在半夜里莹莹闪光。佐丽说她感觉很好，但过了一会儿又对哈罗德说，她最好还是拉住他的胳膊。

天气暖和了，佐丽想起助理主管曾当众说过他用镭当滋补品，于是，她拿来那盒月光粉，每天早上悄悄地用勺子往水杯里舀一点。贝茜经常来看她，非要帮他们做几顿饭。等佐丽的身孕显出来了，玛丽·欧文斯捎上艾米莉，过来看看准妈妈气色如何。艾米莉瞧了瞧佐丽的肚子，又抬头看看佐丽的脸，然后慢慢伸出手，捂在佐丽的围裙上，皱起眉头，又抬头看看佐丽的脸，问道："它是怎么呼吸的？"

贝茜想要说什么，刚开口又停了下来。

玛丽说："你不能这么问啊。"

可是佐丽回答了，"像鱼那样。"说完，她凑近艾米莉的脸，尽可能地睁大眼睛，噘起嘴唇，先嘟在一起，再轻轻地分开嘴唇。

第二天，哈罗德去了肯普顿的五金店，回家后说："足有三四个人冲我做鬼脸扮鱼。"那天晚上，他们发现侧门边卡了一本关于钓鱼的书，书里夹着维吉尔写的纸条："你们大概会喜欢看这本……"礼拜日，牧师一如往常讲起硫磺地狱之火，讲到一半却停下来，给他们使了个眼色，再接着说起面包和鱼的神迹。哈罗德在家园附近走来走去时会用嘴巴发出啪啪的轻响，还整理了钓具箱给大家看，表明他备了足够强悍的渔线，等好日子一来就能大显身手。佐丽站在他身后，看着他把鱼饵摆成一排，还开玩笑说，不知道甩渔线、用拖网或只是看浮标上下晃动哪种方法最好。下个星期，有天清晨，她因剧烈痉挛醒来，两腿间血流如注，她在困惑中首先想到的是：鱼儿吞下了鱼钩，扯破了喉咙。

那年春夏，诺亚·萨默斯一直在农场帮忙。田里连出两次意外，害他失去了三根手指，但那双手看起来仍然异常强壮，就算有难处，他也一声没吭。佐丽在慢慢恢复，医生嘱咐她只能做些轻松的家务，她会把装着冰茶的密封罐端出来给他们喝，哈罗德说他们忙到没时间回家收拾干净吃晚饭，或只是想换换口味时，她就会带着三明治去田边，他们三人就在后面树林里水沟那边的橡树荫下吃。坐在那儿时，哈罗德大口大口地吃着他的三明治，时不时露出微笑，想到什么就说什么，说个不停。有一天，他滔滔不绝地说着发生在欧洲的大事件。他认为他们又打算毁掉一切了，哪怕第一次就已毁得很彻底了。谷仓升降机上的一个男孩大声朗读了吉卜林的几首战争诗，聚在下面听的人们都颇为赞许，但哈罗德觉得那些诗句里没什么能激发他想被射杀、被毒死或被炸死的冲动。诺亚吃东西时总是拾掇得很干净，看上去听得很认真，还皱着眉头。

维吉尔隔三岔五也会到田里来，加入他们的行列。他对希特勒和张伯伦有自己的看法。有一天，他说战争可以把美国踢出低谷。他说美国就该被踢一脚。哈罗德说他不太确定，也许是有必要踢它一脚，但这种踢法可能不太对。这时，诺亚弯腰前倾，拽起一把草，任由碎叶从指缝中落下，他看向身旁的哈罗德说："我认为维吉尔很清楚怎样踢人一脚。他那双靴子看起来好像不咋的，但踢起来可厉害呢。"

维吉尔望着诺亚，咬了咬嘴唇，又看了看自己的手。"他在说我签的文件，和他的奥珀尔有关。保险起见，就算我不想签也得签。我想，如果换我是他，我肯定也会把这件事看作狠狠的一脚。但如果换他是我，我倒想知道他会决定怎么做。"

"不会那样做，"诺亚说着，脸上闪现出一种佐丽从没见过的凶狠的神色，"决不会那样做。"

"嗯，"维吉尔慢慢地说，"我想你也不会。"

佐丽瞥了一眼哈罗德，他摇了摇头。他们坐在那儿都觉得很不自在。不出两分钟，鲁比就像听到了召唤似的，系着红围裙，带着五片菠萝翻转蛋糕和一桶冷牛奶穿过田野，向他们走来，每个人都平静了下来。

那天晚上，吃过晚饭，佐丽问哈罗德维吉尔那么说是什么意思，但哈罗德说他不比她了解更多，说完站起身，把自己的盘子拿去水槽，咕哝了什么关于猪的事，就出门去了。

七月四日来了又过去了。第二天，格斯顺路过来跟他们说起野餐大会。今年有棒球赛、拔河赛和套麻袋赛跑。

贝茜晒太阳晒过了头，正躺着休息。他吃得太多了，打算去买一条更长的皮带。格斯走后，哈罗德对佐丽说，他们可以明年再去。佐丽什么也没说。格斯来的时候，她正在屋后的台阶上磨刀，现在她又拿起磨刀石，选了一把剪子要磨。哈罗德说他可以帮忙。她说这是世上最轻松的活儿，还说她估摸他有自己的杂事要忙。他说这话没错，但没有离开。佐丽慢慢地磨了几下后，抬眼看他。

"我们其实也可以去的。"她说。

"我知道我们可以去。只是没去而已。"哈罗德说。

"那事儿并不丢人。"

"我知道。"

佐丽放下磨刀石，拇指沿着刀刃的两侧试了试，又拿起了磨刀石。

"一点都不。"

"我知道。"

"你就是说说而已。之前我都跟你说了，我能去。大家都去了。"

"我知道你跟我说了什么。"

"你肯定会想，以前没有过那种事。"

一只红翅黑鹂飞快掠过。他俩都盯着它看。哈罗德摘下帽子。他用一只手撑住屁股，再用前臂擦去额头上

47

豆大的汗珠。佐丽磨完了剪刀，转身去拿园艺刀。

"你肯定会想，"她一边说，一边用磨刀石打磨钝了的刀刃，磨完一侧再磨另一侧，"人类历史上第一次发生那样的事。"

哈罗德重新戴上帽子。佐丽放下磨刀石，站起身来。哈罗德好像还有话要说，但她径直走过他身边，穿过院落，走进园子，割了几棵生菜。刀很锋利，她挺满意，然后去查看尚未成熟的甜玉米，又锄去了几根杂草。她挖出几根大葱，又拔起一把还没来得及破土而出的胡萝卜。空中飞舞着很多蚜虫，比她预期的多，这让她不太高兴。那年冬天在他们的谷仓里安家的老灰猫正慢慢地穿过豌豆茎和摇摆的秋葵，过来蹭了蹭佐丽的腿，抬头看看她，接着往前走。佐丽进屋洗了生菜和大葱，把胡萝卜削皮，切成小块。她从冰柜里拿出两块猪排，放进水槽边的盘子里。伸手去拿醋时，哈罗德进来了，在桌边坐下，吸了口气。

"我只是想，也许，如果我多做些应该做的事情……"他说。

"你大概还会想，如果我少做一点就好了。"佐丽说。

有着绿色瞳孔的哈罗德的眼睛通红。在顶灯的照耀下，这双眼睛闪闪发光。他看着她，点了点头。

"我有过这种想法。"

"我知道。"

"我真的很难过，佐丽。从来没这么难受过。"

佐丽也在桌边坐下，和他面对面，伸出手，指腹掠过他没刮胡子的脸颊，然后握住他的手。

"这我也知道，哈罗德。"她说。

夏天倏忽而逝。哈罗德和诺亚收了小麦，种了燕麦和豆子，苜蓿和玉米。八月初的一个下午下了一场可怕的冰雹，害他们焦虑地站在窗前，好在庄稼没太遭殃，他们察看过田地后，哈罗德把佐丽抱起来，原地转了一圈。

佐丽觉得自己的体力恢复了，虽然医生仍不允许她去田里帮忙，但她照样去猪圈洗刷地面，补充新鲜的稻草。有一头猪她很喜欢，为了纪念昔日的老师，她给这头母猪取名为托马斯夫人。不管天有多热，别的猪都躺在荫庇里酣睡，托马斯夫人会自己醒过来，走到她身边，哼哼唧唧地叫唤，还舔她的手指。佐丽特意把形状最特别的萝卜、最漂亮的南瓜花带给她吃，要是在树林里偶然看到黑莓，她也总是留几颗最成熟的带回去给她吃。托马斯夫人吃东西的时候，她喜欢拍拍她肥肥的粉色肋腹，还总会站着挥赶苍蝇，挠挠她的耳朵，过几分钟再去忙自己的事。

清早，哈罗德出门后，佐丽会沿着水渠、在田间走很久，以此增强耐力。有一次散步时，她刚钻出玉米地就在分隔两个农场的栅栏边遇上了诺亚。他俩在栅栏两边静静地走了一会儿，然后，诺亚问佐丽是否了解旋风。

"你是说龙卷风?"佐丽说。

"旋风，"诺亚说，"就像《圣经》和古老传说里提到的那种风。就像维吉尔说的，始于欧洲和太平洋那边的那种风。就像有时出现在我脑子里的那种风。"

她仔细地想了想，最后说道："旋风是种强大的力量。"

诺亚点点头。阳光掠过佐丽的肩头照射过来，正好照亮他的脸。他的头发本来全都往后拢，现在松散了一些，像湿透的黑色羽翼在额前展开，他的眼睛非常蓝。

"我妻子一直在给我写有关旋风的信。"他说。他把手伸进后口袋，抽出一张纸，那张信纸显然已被折叠、展开了很多很多次。

"这封信讲的是旋风袭击农场。按照她的描述，几乎每一样东西都被吹得嗖嗖打转。猫。馅饼。种在地里的番茄。我们以前住的房子现在都埋没在那边的苜蓿地里了。她常常给我写信。"

"你给她回信吗?"

"我是想的。维吉尔也会帮忙。但他们不肯收我的信。"

"谁不肯？你是说医院吗？"

"也不再让我上去看她了。她的家人签了文件，说我不能去。"

"我以为是维吉尔签的。"

"那是一开始，为了把她送进去。那是他签的。在她放火烧家之后。太糟了。"

"但奥珀尔是你的妻子。"

"我明白。是别人不明白。"

诺亚把信放回后袋，让手停留了一会儿，继续捂着它。又过了一会儿，他说道："佐丽，我为你和哈罗德感到难过，节哀。"

话题陡然转向，佐丽很惊讶，想开口谢他，却欲言又止。她看着诺亚，感到整个夏天仿佛绞拧的麻绳般在她体内紧绷的东西突然松散了，呼吸随之变得又快又浅。她点点头，紧紧抿起双唇，双臂揽住自身。她匆匆穿过玉米地时，脑海里始终浮现着一根钓鱼竹竿在旋风中飘摇的画面。

一年过去了。第二年。第三年。他们尽力了，却还是留不住另一个宝宝。哈罗德谈到打仗时开始有了与前不同的口吻。他去参加基础军训，随后在 1942 年秋作为空军领航员去了欧洲。格斯和贝茜搬回了农场，本意是由格斯负责照管日常运作，贝茜可以陪陪佐丽，但格斯照应不过来，用他的话来说是心有余而力不足，贝茜在下午和晚上的大部分时间里都要卧床休息。佐丽已经和哈罗德并肩承担了农场里的重任一段时间，这时便让格斯负责牲口，让贝茜负责厨房，又雇了莱斯特·邓恩在田里帮忙，因为诺亚要去帮维吉尔，根本腾不出空来。莱斯特每天早早就来，干活很卖力，不管贝茜给他多少馅饼都能吃光，而且寡言少语。在找蘑菇这件事上，他格外有天赋，有时，他会在上工前在门边留下满满一提桶，再去田里和佐丽汇合，贝茜会把那些蘑菇和鸡蛋、土豆、洋葱一起炒，当晚餐。

哈罗德给格斯和贝茜写信，吃过晚饭后，格斯会在厨房餐桌边上大声读信，哈罗德也会给佐丽写信，她会把信带上床，凑在灯下一遍又一遍地读，试着去想象哈罗德遥远的手、胳膊和眼睛如何在这些信纸上来回移动，但又想象不出来。她把信收在雪茄盒里，和老钟面、贾妮的信和剩下的粉末搁在一起。每天她都会掀开盒子两三次，取出一封信，读上几行。到了夜里，她索性把盒盖打开，有一次甚至还撒了一点剩下的月光粉，好让自己看到信纸在发光。有一封信她特别喜欢，哈罗德尽力描述了比利时和美国的玉米穗有何不同。在佐丽看来，相比于别的信，甚至包括哈罗德描述在"带你飞越黑暗的海峡，再飞越黑暗的乡村的伟大机器"里的感觉的那封信，这封信似乎浸透了书写者的某些气息，带有与她共眠、共事、一起斗雪、曾将她一把抱起来原地转圈的那个男人的某些印记。不过，这些信无法抵消他的不在，几乎没什么用，她为此心烦意乱。她曾期待信件能消减渐渐充盈内心的恐惧，本以为它们的效力会更大。她想到了诺亚，便试着把信贴身携带，在拖拉机上、在谷仓里、在教堂的庭院里、在下雨的早晨的南向屋檐下、在沉浸于微弱而哀愁的秋光中的山核桃树边，一次又一次地展信重读。她试着把一封信皱巴巴地攥在拳头里，让另一封信紧贴胸口。感觉沮丧而挫败时，她跟贝茜聊起来，告诉她，不管这些信纸发出多么闪耀的光芒，信本身却已模糊不清，她几乎看不清信上的字迹了，也看不到写下它们的那个人。贝茜叹了口气，让佐丽把靠在身后的枕头拍松软，还说，只有一件事能帮到她，那就是让哈罗德打开降落伞，从天而降，从前门回家。

"我觉得他永远不会这样做的。"佐丽说。

"哦，别说了，他很快就会回来的。"贝茜说。

"不，"佐丽说着，在床边坐下，双手绵软无力地垂到膝头，"不，我觉得不会。"

哈罗德在 1943 年 12 月的荷兰海岸牺牲，当时他所在的 B-17 空中堡垒轰炸机在夜袭德国炮兵阵地时遭到猛烈的炮火袭击，直到最后一台引擎失灵。美国空军送返了他的遗物，以及一套荣誉制服、一枚奖章和附带的证书，还有他牺牲前两天刚起头的一封信。

> 我的佐丽，亲爱的，
>
> 　已有十天没给你写信了，只因他们害得我们忙个不停，而非我不想你，我时时刻刻都在想你。谢谢你寄来站在"十一月的田野"旁的照片。我能想的，就只有你和家。真希望你在这里，和我一起，我们可以在这个乡村走走，哪怕是这个时节，哪怕这么冷，这儿的绿草也有花香。

在希利斯伯格和福里斯特都举办了追思会。贝茜下不了床，没法参加，只要求他们保证念诵第二十三篇赞美诗。格斯打算在希利斯伯格发言，在福里斯特念一首诗，但他也没能如愿成行。佐丽请维吉尔在希利斯伯格说几句。他引经据典，把约翰·亚当斯、梭罗和艾米莉·迪金森的名句编成了一段发言，后来，很多人都说那次发言远比卡特牧师的布道精彩。鲁比唱了《奇异恩典》，利蒂希娅·邦奇唱了《老木十字架》。诺亚一身深色西装，在整场追思会中非常安静，一动不动。两个教堂里，等其他人唱完歌、讲完话后，佐丽站起来，感谢会众，然后坐回原位，用一只手遮住双眼。

第二场追思会结束后的夜里，佐丽梦见她回到了老姑妈家，坐在黑漆漆的前厅里做缝纫活儿，却怎么也缝不好。她试了又试，姑妈就站在她身边，连连摇头。这个梦仿佛持续了好几个小时，佐丽醒来，伸手想去抱哈罗德，却呛出了一声哀哭。

随后，岁月匆匆而过。

3

看不到闪闪发亮的屋顶或光影闪烁的窗子 [1]

1　引自《海浪》，作者：弗吉尼亚·伍尔夫，译者：曹元勇，上海译文出版社，2012 年。译文略有改动。

1954 年春天的一个早晨，贝茜在睡梦中辞世。之后不到一年，格斯也走了。佐丽是他在遗嘱中指定的唯一受益人。她把福里斯特的房子卖了，捐给教堂一笔钱，再给自己买下了鲁珀特·达夫出售的二十英亩休耕地。她雇了些帮手，立刻着手耕种。买地后区区两个月，鲜绿色的嫩芽就从黑土犁沟里冒出来了。

　　帮工们还没来，佐丽就开工，这已成了惯例，她还会等他们都下工后才收工。格斯和贝茜不会再顺道来看她了，这反而让她更拼命地干活。不止一次，她坐在拖拉机上就睡着了，醒来时浑身发抖，被蚊子叮得到处是包。有段时间她瘦得很，搞得鲁比每次看到她都会问她好不好。鲁比自己也有一堆事要操心。一向能说会道的维吉尔渐渐陷入沉默，他们经常发现他在树林里、田野里徘徊，记不得自己身在何处。鲁比曾在他的口袋里塞好备忘的小纸条，但没什么用。后来，她发现那些小纸条散落在家里各处，撒在院落那头，漂在给小鸟用的水盆里，枕在他的枕头下面。要是没人看着他，他就会到处乱跑，不知道回家的路。

有一天，佐丽在后院犁地时看到他。她一直在做白日梦，活儿也干得不漂亮，不知道莱斯特看她弄得这样一团糟会怎么想，就在这时，她发现维吉尔一动不动地站在沟渠旁的枫树桩边。她想让他上拖拉机来，但他没反应，她只好下车，挽着他的胳膊肘，送他回家。正在东边树林里修剪山核桃树的诺亚走出来，穿过田野来迎他们。他谢过佐丽，再将手搭在维吉尔的肩头。看着他俩一起走远，佐丽突然觉得盘桓在他们之间的沉默是一种令人舒适的沉默。有那么一瞬间，她想到，如果能在他们的陪伴下散步该有多好，或是迈着轻盈的步伐静静走在他们中间，裹挟在一股前行的气流中，那就更好了。接着，她转过身，走回她的拖拉机，爬了上去。

哈罗德死后的那几个月里，格斯和贝茜在她的坚持下搬回了福里斯特，不管她在哪儿，好像总能在转角拐弯时看到哈罗德站在跟前，她得一次又一次地反应过来：他并没有站在任何地方，甚至不在法国、荷兰或英国的大地上，更不用说在这个农场的哪个角落里了，这念头逼得她整夜整夜在走廊里踱步，她得攒起所有的气力才能把自己投向身边这片永远存在的土地。哈罗德这个人已被彻底抹去了，她开始在头脑里想象自己用双臂抓牢一柄锄头、一袋种子、一大捆草、一把磨得极其锋利的镰刀，用这种画面去抵制那种念头，并立刻让画面变成现实。想当初，第一年夏天，飞蓬草是怎样被割倒的啊！但凡有人提起这个话题，她会说起哈罗德，事后又为此痛苦，于是，她尽力决不让自己想起他已永远不在身边的事实，除非在每晚例行的祷告时。她曾涂描过的那些钟表都旨在清晰地雕琢时间，但事到如今，时间也像悲伤的同谋，铺展她的哀恸，所以，很快，农场、四下的田野和被包围在其中的方舟般的小世界里无休无止的变化成了唯一的计时器，只有四季的刻度是她可以容忍的。身在伟大的季节律令里，她非常渺小，但目标明确，俨如风之桶上的一枚针，日之暑上的一颗螺丝，雨之轮上的一个齿轮。播下种子，照料庄稼，收获作物。大地在适当的季节休息，她也跟着休息。在万物宁息的那几个月里，如果哈罗德不在人世带来的痛楚压上心头，她就动用意志力，抓起一块抹布，擦掉那种痛。

经年累月，这个办法极其有效地阻断了佐丽频繁地想起哈罗德，以至于她最终担起心来，觉得有什么不对劲儿，尤其是因为现在邻居们提起他，或是她不经意间发现了以前没找到的某种钓饵、还不能做到熟视无睹的某只皮带扣时，一度让她后背灼痛难忍的感觉消失了。没有任何痛苦的反应——这种"没有"是她一直渴求的，现已达成——却让她震惊，因为这种"没有"过于彻底了。这让她觉得自己做得太过分了。你可以接受一些事，但不能把它们带到田里，埋在豆子下面。托马斯先生很久以前就在课上说过："我们所经历的一切之中，那些拖坠滞重的部分必须被大声说出来，最起码也要在自己的脑海里说出来，假如我们希望它们能生出双翼，展翅飞走。"佐丽在玛丽·汤普森的遗产拍卖会上翻阅朗费罗的一本书时突然想起了这句话，又突然想到：假如不去盯着想哈罗德死了、哈罗德不在了，而是想他这个人，或许还能有所挽回。

她从抽屉里翻出一只他的手表，拧上发条，对好时间，指针轻轻地滴答走起来，她松松垮垮地戴着它，去做家务。入夜后，她会刻意地回忆往昔。偶尔还会把他的照片放在面前，或任由目光瞥过他写的一封信，或是拿起他的钓鱼帽或咖啡杯，但通常她只是安坐着，最后总能清晰地见到他，清晰到足以让她释怀，她看着他走过谷仓前的空地，或是站在那儿，肩膀耷拉着，双手深深地插在口袋里，向后甩甩头，或是手握一根撬棍，大步穿过苜蓿田，或是开着拖拉机驶过空地，或是把步枪搭在肩头，走向树林。看到他的这些片刻里，别的画面夹杂其间也是常有的；有些场景是和他直接相关的，有些仅仅属于佐丽的过去：顶着蓬松金发的凯利家的双胞胎在学校院子里玩翻绳游戏，姑妈皱着眉头做桃子罐头，格斯打牌时气呼呼的，一对年轻夫妇在国庆节野餐会上饥渴地彼此凝视，托马斯先生走在林间，用他在课堂上用的尺子指着树叶，贾妮的手伸向摆在她那篮钟面旁的那碗蒙了一层粉末的浓烈肉桂味的糖果，诺亚在咬苹果，或是念诵奥珀尔写来的一封信，或是放眼凝望田野。声音、气味和味道扑面而来，附着于她看到的画面：她和哈罗德想找个地方吃三明治，穿过灌木丛时老树叶沙沙作响，八月炽热的下午，托马斯夫人及其伙伴们散发出浓重气味，从屋后栅栏边的藤蔓上摘下的黑莓温温热热，吃起来甜甜的，带矿物味儿。白天，当她弯腰照料菠菜或喂鸡或和莱斯特商量什么事情时，她会说自己很傻，沉溺于往昔。但渐渐地，空气凉爽，暮色降临，正如上了发条的哈罗德的手表明白所示的那样，夜色蔓延开来，她开始明白，过去——也就是姑妈说的"不过是些粗制滥造的影子戏，走街串巷的修补匠都能打造出来"——以及她长久以来拼命要忘记的东西恰恰最能让她安心。

不过，有天晚上她本想看看农具说明书，却花了几小时重温了自己与哈罗德最初几天的交往，她从半梦半醒中惊醒，赫然看见哈罗德倚在门口，看着她。她闭上眼睛，再次睁开眼睛时，他已消失，但这时她耳畔的空气变得冷冰冰的，她打了个寒战，赫然听到哈罗德说："我饿了，佐丽。我已经好几年没吃东西了。你得给我一些吃的。"

是梦，佐丽想。我还没醒。但耳畔的空气分明像是在冰柜里，还有一股潮湿的味道。哈罗德的手表停了，但她没有拧发条，而是把它从手腕上拽了下来，喘着粗气，把它扔回抽屉里。后来，等呼吸恢复正常后，神智终于把她的世界的门扉重新归位，她突然意识到自己正在失去控制力，这比失去理智更糟糕。更麻烦的是，她吃不准自己会欣然接受这种未来，还是会为此不快，抑或既喜又恨。

她思忖了好几天。她对莱斯特很冷淡，又让厄尔去找磅秤，她告诉他秤在谷仓里，其实她几年前就把它搬去了废料场。她在银行看到劳埃德·达夫，竟然没认出来，因为站在大厅另一边、正在支票上签字的他满脸褶子，弓着背，那身影与她最近一次遐想中看到的那个和哈罗德他们一起欢笑的小伙子几乎判若两人。他抬起头说"哎呀，这

64

不是我们的农家女佐丽嘛"后好一会儿，她才应声，出门时还被门楣绊了一下，为了保持平衡，她摆动胳膊，又差点儿摔到树篱里去。"你还没老到不成样儿，所以别再这样了。"她大声地对自己说。

但第二天，她忘了喂鸡，烧焦了早餐，又把地耕得乱七八糟，那天晚上梦到了不会飞的松鸦，沉默、在空中飘荡。醒来时她迷迷糊糊的，在残梦萦绕的晨光里出了一身汗，又想起了维吉尔和诺亚。次日上午，她去找他们，沿着栅栏和参差不齐的豆茎残秆走时身子有点发抖。她找到了诺亚，他手持锯子，在前一天就开始修剪的那棵山核桃树的树枝上。维吉尔裹着一条亮蓝色的围巾，穿着冬天穿的外套，坐在一只矮凳上，小凳子就摆在一棵参天黑橡树下。

"你把这棵树修出样子来了。"她说。

"只能这样，要不然就留不住它了。"诺亚说。

"要我帮忙拖树枝吗？"

"把它们堆起来，点根火柴就行。"

"我可以帮忙堆。"

"我敢说你还有自己的活儿要忙。"

"是有。"

诺亚靠在树上，皱巴巴的褐色工作服与树干上的暗色树瘤融为一体。他低头看了看她，然后闭上眼睛，抬起一只戴着手套的手凑到嘴边，屏住呼吸，猛吸一口气，然后打了个喷嚏。

"祝你健康。"佐丽说。

"维吉尔向来不喜欢这说法。"诺亚说，"他说，因为别人打喷嚏就祝健康，就好比端起猎枪去赶一只苍蝇。他知道一个德语词儿，就等着有人打喷嚏时说。嗯，那是他还能说话的时候。"

佐丽看了看维吉尔，他好像在打瞌睡。

"他没在睡。"诺亚说。

佐丽点点头。

"他能听见我们说话。现在就在听我说话。只是我不知道我的声音钻进他的耳朵后去了哪儿。也许所有的词语都会坠落，就那样不停地掉下去。"

佐丽说，可能真是那样。

"我想知道，词语从你的脑袋里掉下来是什么感觉。"

"挺好吧，我希望是。"

诺亚望向维吉尔，摇了摇头，说他没把握。他说，归根溯源，他觉得正是词语让人神思混乱。词语自由落体不可能是件好事，尤其是像维吉尔这样，词语曾攒成了过多的言语，如今却在过于寂静中纷纷坠落。

佐丽什么都没说。一辆重型卡车在路上驶过。细碎的机械声响回荡在田野里。诺亚咳了一声，问佐丽是不是想让他从树上爬下来。

是的，我想，佐丽心想。正如我愿。她想起自己在屋里走来走去、等那些鸟儿展翅飞走的时候打算说出的一切：说她以为自己已经摆脱往昔的时候，过去的一切突然涌现在她眼前；说她只想稍稍地思念哈罗德，让他回到自己身边，结果却像是有一座丑陋的老钟冲着她劈头盖脑地砸下来，齿轮和弹簧乱飞一气；说她想把自己扔在他俩旁边凉凉的、皱巴巴的草地上，就只是坐着，一动不动；说她头脑里的旋风旋动着黑玫瑰、猪、过世的丈夫和喉咙被扯破的鱼。

她叹了一声。"不用了，"她说，"我该回去了。谢谢你。我只是出来转转。"

她走开时踩到了压在一堆橡树叶下的一根湿枝条。出乎意料的脆响吓了她一跳，也惊得一对五子雀飞向笼罩着黑橡树的灰蒙蒙的半空。维吉尔好像无动于衷。

"接下去，我就会踩到一口井了。"她说着，扬手越过肩头挥了挥，急匆匆地离去。

"你可别，佐丽·安德伍德。"诺亚说。

老姑妈曾不遗余力地贬抑过"希望"的概念，佐丽自然学会了不抱太大希望，哪怕"希望"可以说是她天性中重要的内容。如果说她在那些年，乃至在哈罗德死后倾尽全力封住希望之泉，那泉水还是会常常想方设法渗出来，吓她一跳，以"希望"之名彬彬有礼地鞠躬，伸出手，邀她共舞。当她敲开杰斐逊镇的那扇门，继而看到托马斯先生带着李子、冰茶和标本册出现在她面前时，"希望"就是这样做的；当格斯喜欢她吹口哨的样子，和贝茜谈起他们家的备用房间时，"希望"也是这样做的。带着三明治的人告诉她去渥太华能找到工作时，"希望"当然也曾为她扇动美丽的翅膀。那天晚些时候，当她打开邮箱，看到生锈的铁皮箱内有张明信片倚在阴影里，她有机会思忖这一点。她花了点时间才认出明信片上的照片：一节列车车厢，行驶在看似一座铁桥的东西上。明信片背面印着"芝加哥鼎鼎大名的 L 线"。顶部有一个小洞，是曾用大头针钉在墙上的痕迹。那枚大头针曾是黄铜色的。佐丽记得她曾多次用手指触摸那枚光滑的钉子。贾妮写下的潦草短笺被她读了又读，她明白了，她手里拿的是稀罕之物，是你压根儿不知道自己依然拥有的"希望"所实现、所带来的。

费了不少时间，但我终于坐上了这条线。你呢，幽灵女孩？你登上你的那条 L 线了吗？

第二天一大早，佐丽就计划好了——她将独自开车往北，驶向那座大城市，到了那儿，她可以沿着密歇根大道漫步，仰望那些巨大的摩天楼，瞧瞧商店的橱窗，走进马歇尔·菲尔德百货商店，坐上呼啸在半空的列车。她还要去渥太华，去看看贾妮和玛丽，把旅行见闻告诉她们，问问她们这些年是怎么过的，再去拜访别的女孩。甚至还可以去看看某些男孩。让她们看看她发间交杂的灰白色。看看她们是否也积淀了初冬天空般的颜色。和她们一起欢笑，笑谈睡得太少、想得太多会让你忘性大。她们都长了岁数，但只要她们愿意，依然能用月光粉装点自己，依然能穿过安静的街巷，站在星空下兀自发光。她吩咐莱斯特照料家里田里的事，说她会离开几天，甚至一星期。多年前在渥太华度过的那几个月跃动在她眼前，她先朝东开，再向北开，经过了拉斐特、蒙蒂塞洛和伦斯勒。不久前，她给卡车换了新轮胎，还不停地激励那台老发动机蹿出前所未有的速度，它显然很不习惯，抱怨的方式就是让轮胎在匆匆掠过城镇和田野时发出嗡嗡的哼唱。

快到迪莫特时下起雨来，她发现她还需要新雨刷。等她意识到自己到了瓦尔帕莱索，而非梅里尔维尔时，才确定自己开错方向了。她在加油站加了油，换了新雨刷，问了路，可是，要么是指路的人没说清楚，要么是她没听清楚，因为她很快就到了伍德维尔，然后是波特，一路都没看到芝加哥的指示牌，相反，她看到了密歇根湖和印第安纳沙丘的标志。她把那条路走到了头，最终抵达一个窝在高高的沙丘下的停车场。她下了车，走上一条小路。她踩在沙子上，感觉像是走在蜜糖里。沙子甚至会粘住她的鞋，好像她的感觉没错，真的带有蜜糖的黏腻感。雨已经停了，只剩浓雾。她心想，在转向正确的方向之前，她其实也能一路行至密歇根湖。

在雾中所能见到的沙丘向四面八方延展。沙丘上到处都生长着被风吹得东摇西摆的小树，长草遍地，看起来并不像她在《生活》杂志上看到的撒哈拉沙漠，它们理应很相似吧。海鸥在头顶呼号。周围没有别人。沙粒从未停止移动。她弯下腰，伸出一根手指在沙里划拉。有些地方潮乎乎的，有些地方很干燥。她用手指捏起一撮沙子，发现沙粒的颜色各有不同，大小也不一。有些较大的颗粒是玫瑰色的，有几颗几乎是紫色的，她真希望光线更充足一点，最好还有一只放大镜。她把指尖的沙子抛向空中。沙粒飞出去，落下时随风划出一道道弧线，这让她很开心，于是又抛撒了一次。她站在那儿，突然意识到自己已能闻到湖水的气息，事实上已经闻了好一会儿了。那气味似乎很离奇，深不见底，让她的肚腹深处生出一种难以言喻的痛楚。她听说密歇根湖非常美。贝茜和格斯曾带哈罗德来湖边露营。她又开始往前走，希望很快能走到水边，脚下的沙子嘎吱作响，一会儿松软，一会儿被踩实。她觉得自己已经很接近湖了，就在这时，下起了冰雹。她想不出该怎么办，除了把自己埋进沙丘，只能回到卡车里去。白色冰雹几乎完美地、悄无声息地击打在沙子上，要不是打在身上会痛，她可能会停下来侧耳细听。

　　一旦安然进入卡车驾驶室，她想既然还没到中午，那就等冰雹停吧，然后再试试走到湖边，可是，冰雹渐渐变成了大雨，她把钥匙插进了点火器。引擎启动得很慢，发动起来时听上去很累，她把车开出停车场时，它还咳了两声。没等她向西驶向波特，一只漂亮的新轮胎就扎到了一颗钉子。虽然她顺利地换好了轮胎，但还是搞得浑身湿透，冻得发抖，不知道接下去该怎么办。她扔进包里的是一件款式简洁、配了一条穿起毛的蕾丝颈环的黄色连衣裙，本来打算在渥太华和老朋友们在一起时穿的，现在，她觉得穿这条裙子并不适合走上密歇根大道，更不用说走进马歇尔·菲尔德百货了。腹中又感觉到了那种疼痛的悸动。现在她明白了，那是因为她闻到、但没有见到的深深的湖水。当她想起贾妮的 L 线时不曾有过任何类似的感觉，但她相信，如果她真的坐上 L 线的列车，说不定真会有这种感觉。改天再试一次吧，她心想，虽然她不确定自己说的是芝加哥城还是密歇根湖。姑妈的样子浮现在她眼前，曾经，因为她说她希望明天是晴天，就要伸出手，让姑妈用锅铲打一下。那个明天并不是晴天。"'希望'会让你直接摔进灌木丛里。看看'希望'把我带到了什么境地。"姑妈就是这样说的。沙丘很美，所以也算没白来。总会有些收获的。哪怕在一无所得的时候。脑海中，她再次看到了那些沙粒从指间飞出时的样子，接着，她试着去想象哈罗德的那架冒烟的飞机从遥远的荷兰天空中坠落时会是什么样子。卡车挡风玻璃内侧蒙起了水汽，她在上面画出一条弧线，或许像沙子，或许像哈罗德，或许都像。L 线会一次又一次地咆哮而过，决不动摇地横穿半空，她想，它会画出一个大大的环线。可是，她会留下什么形状呢？她画出一些小小的涟漪，然后是更大的波浪，然后是螺旋，然后是一口井，四面有墙，但没有底——就像维吉尔的词语坠落的地方，或是诺亚的奥珀尔所在之处——但这让她打了个寒战，所以，她把它抹除了。突然间，她觉得非常疲惫。她用手把刚才画的一切全都抹净，然后再次发动了卡车。

次日夜里，鲁比打了一通电话给佐丽，问她在乡间溜达够了吗。过了几分钟，她敲响了房门，把一只盒子递给佐丽，里面装着一条紫色小毛毯和一只浑身漆黑、蜷缩成一团的小狗，它轻轻地打着鼾，佐丽甚至觉得那轻微的声响不过是自己的想象。

"约翰逊家生了一窝小狗，到处送，我就让诺亚去给你抱了一只来。"鲁比说。

佐丽看了看盒子，又看了看鲁比。

"你需要个伴儿。"鲁比说。

"我从没养过狗。"

"现在开始吧。"

"我们倒是一直有猫。"

"猫不一样。"

"怎么个不一样？"

"就是不一样。狗不会鬼气森森的。"

"哦。"佐丽说。

"你得给它起个名字。"鲁比说。

佐丽伸出一只手探进盒里，手指拂过和大块头的褐色土豆差不多大、像气球那样紧绷绷的小肚子。小狗睁开一只眼睛，又飞快地闭起来，蜷起脊背，伸了伸爪子，重新打起鼾来。佐丽刚读了一篇文章，讲的是严格遵守玉米—豆类—三叶草轮作的好处，她刚才一直在想自己有十英亩地仍然种着燕麦，但这几年的收益微乎其微，往后要不要就别再种燕麦了。她又摸了摸小狗的肚皮，然后问鲁比它吃什么。

"残羹剩饭，面包糊。你有什么就给它吃什么。"

"多长时间喂一次？"

"一开始，早晚都要喂。要是有什么问题，你就去问诺亚——他有一条狗。"

"我都不知道他养狗。"

"你打算叫它什么？"

"燕麦。"佐丽说。

佐丽请鲁比进屋喝杯热可可，但鲁比说她得回去看看家里的男人们在忙什么。她只想把不足几星期大的小狗送来，帮佐丽找点能惦记的事儿。她说她明白佐丽到了夜里会很难熬。

"是的。"佐丽说。

"我想象得出来，当你开始一个人生活，夜晚总是最难熬的。"

"你和诺亚谈过了。"

"他跟我说了。说你一直有梦，还会看到一些东西。"

"我从没跟他说过这个。实际上，我什么都没说，压根儿没想过跟他说。"

"哦，是这样吗?"

"是。"

"你应该多过来走走。到我家坐坐。我家不是芝加哥，但也不在你家的四面墙里。我们俩都不擅长阅读，但一到夜里，能让维吉尔乖乖坐在椅子里的只有这件事了。等你把这只'燕麦'的事儿搞明白了，就过来和我们一起吃晚饭，读读书。我们都会很愉快的。"

燕麦很能睡，弄脏了佐丽铺在后门廊角落的几条毛巾，时不时绊到她，胃口超好，看到什么都要叫，特别喜欢冲着鸟叫，爱在佐丽的膝头闹腾，咬她的纽扣，而且，神不知鬼不觉地渐渐占用了佐丽的大量时间。诺亚每隔几天就过来看看，把燕麦搂抱在胸前，让她舔他的脸。佐丽说她未必会喜欢见人就舔的狗。诺亚说："好吧，燕麦就是一只爱舔的狗。"

佐丽开始每周四去萨默斯家吃晚饭。鲁比会端出很多好吃的东西，吃完，他们会去客厅坐，由佐丽来读书。果然，维吉尔在整个用餐过程中时不时站起来四处走动，但只要她翻开一本书，他就肯定不会离开座位。事实上，当她从他的旧书堆中挑出约翰·亚当斯的书信、蒙田的随笔或是希罗多德、西塞罗或埃斯库罗斯时，他看起来似乎非常聚精会神。要是佐丽拿起《圣经》，并读起《福音书》或《诗篇》里的段落，鲁比会很起劲儿，而维吉尔的注意力在那些片刻里显然低落下去，不止一次，佐丽确信他睡着了，那些词句回到了自由坠跌的状态，落入了无底洞。至于诺亚，他总是安坐在父母身后的手工木椅上，不管佐丽朗读什么，他都非常专注地听。

借由这些夜晚和她新近承担的、有点好笑的朗读任务，佐丽发现自己果真少了些痴缠，很快就不做噩梦，也不再看到幻影了。有时，只要悲伤的回忆泛起，想起她和哈罗德在冬日夜晚给对方读书听，或是想起她驾车北上，却连这么一桩简单的事都没做成，她就会去想萨默斯家的客厅——客厅里整整齐齐的家具，壁炉上方挂着的深蓝色矢车菊油画，碗柜边那只早已破裂的气压计——悲伤就会因鲁比、维吉尔和诺亚而得到舒缓，被她朗读时裹挟自己的那片美好的宁馨感所抚慰。在维吉尔那本《蒙田随笔》的页缘空白处，紧挨着关于悲伤的那篇（那一页的边角已经卷起）的开头段落，手写着这样的话："笼罩现时的纤弱迷障，须倚过往而强。"佐丽发现自己每次拿起这本书都会翻到这一页，只为了让目光扫过这句话。诺亚问佐丽为什么这样做，佐丽说这让她想起过去的老师喜欢引用的一句话，只不过她更喜欢维吉尔的这句——假定是维吉尔原创的——这句的反转更妙。鲁比说这则笔记确实是维吉尔写的，而且一听就像是他想出来的句子。诺亚也觉得是。他说，奥珀尔被带走后，维吉尔曾在他心情低落的时候一遍又一遍给他读这篇文章，在诺亚看来，那尤其是因为其中有一句引文的原作者恰好也叫维吉尔，历史上赫赫有名的那位维吉尔："悲伤终于迸发出哭声。"诺亚说他其实一直更偏爱下一句出自彼特拉克的引文："能说出灼烧得如何的人，他所受的就不是烈火。"[1]

"我非常喜欢这句话，"佐丽说，"你认为它说得对吗？"

"这大概要取决于你有怎样的灼烧感。"诺亚说。

"我们还是别谈太多灼烧了吧。"鲁比说着，打了个哆嗦。

佐丽特别想知道蒙田是不是真的像他写的那样"属于最不会悲伤的人"，诺亚说他非常怀疑，但很想问问维吉尔，而那时的维吉尔似乎在聆听远处的什么，直勾勾地盯着南墙看。

"那个男人就是我的悲伤。"鲁比说着，在她的座椅里

---

[1] 两句引文均出自《蒙田随笔》，译者：黄建华，人民文学出版社，2020 年。

挪了挪身子，说那些想法都很漂亮，但如果他们不介意的话，她想尽快转移话题。

天气暖和起来，燕麦整天都在保卫自己的领土。她会对任何会动的东西吠叫，努力训练自己吼得低沉又凶狠。过了一段时日，她似乎能和小鸟们和平相处了，但和松鼠始终势不两立。只要有一只松鼠的脚爪踏进院子，不管在什么地方，燕麦就会像古希腊神话里暴怒的神祇那样紧追不舍。在佐丽看来，燕麦站在树下的时间太久了，根本没必要那么久，她的四只脚站得很开，飞机耳向后竖起，不停地叫。只要警报解除——随着松鼠们跑进树林里活动，这种情形也越来越多——燕麦就会在灌木丛里钻来钻去，追蝴蝶，要不就在佐丽摆在后门边的一块红地毯上打盹，还会打滚，哼哼唧唧。佐丽中午或傍晚从田里回来的时候，不出意外，燕麦总会跑到小路尽头去迎她，佐丽从卡车上下来时，她就会跳起身，在她的工作服上留下爪印，看看她的舌头能多少次结结实实地舔在佐丽的脸上。

不过，渐渐入夏后，燕麦开始四处游荡了。在自家农场和附近人家的田里，佐丽都听到、看到过她在叫。有时，到了晚饭时段她都不着家，回来时常常脏兮兮的，浑身上下都粘着刺果。有天晚上，住在皮卡德附近的埃塞尔·达夫开车带燕麦回来，她就坐在福特车的后座。在教堂，坎迪·威尔逊振振有词地说她发现佐丽家的"少年犯"瞟上了她家的雏鸡。

"有些人会射杀游荡的狗，哪怕他们明知道那是谁家养的。"卡特牧师这样说，听他的语气，似乎还挺赞成这种做法的。

佐丽去找莱斯特求教——但凡涉及家畜，他的建议都很强硬——还从图书馆里借了一本专门讲养狗的书。这本书强调了血统的重要，尤其是对动物的脾性来说。弗雷德·约翰逊告诉佐丽，燕麦的爸爸是一条带有指示犬血统的混种狗，非常调皮，不止一次在外闯荡。至于妈妈，佐丽可以亲自去看。狗妈妈有些比格猎犬的特征，但散发着一种不可否认的臭味，幸好她女儿没继承这一点。这只狗妈妈很亲人，见人就摇尾巴，还用鼻头蹭佐丽的手，不过，弗雷德叫她表演"握爪爪"时，她好像不太乐意。

"她会冲着松鼠狂叫吗?"佐丽问。

"我见过狗爸爸那么叫。但这条狗确实喜欢到处转悠。算是小猎犬的天性吧。有一次，她自个儿去了蒂普顿。还好我给她挂了狗牌。现在她年纪上去了，倒是安定下来了。"

"我必须等到燕麦长大，她才不会在乡间乱跑吗?"

"这个嘛，每条狗都不一样，但如果她一直乱跑，我知道在法兰克福有一所狗狗学校，或是类似的地方，应该可以帮助矫正狗狗的行为。"

"学校?"佐丽说。

但当邮递员说他在半路看到燕麦，嘴里叼着没吃完的兔子，再往前就快到瑟克维尔后，她经过芭布犬校时就停了一下，拿了一本宣传册。

"送她来吧，"芭布说，"我们会把她调教好的。"

芭布吹了一声口哨，一条和驴子一样大的大丹犬走了进来，很有礼貌地坐下。

"这位以前爱咬坐垫，"她说，"现在不会了。我们确保成效，有目共睹。"

要不是燕麦和维吉尔混熟了——很显然是在她沿着沟渠游荡回来的时候混熟的——佐丽很有可能让燕麦去上学（或至少听从坎迪·威尔逊的建议，多竖些栅栏，或是用一条又结实又够长的牵狗绳）。

这件事是鲁比告诉佐丽的，当时是星期四晚上，他们正坐在一起吃热酱汁拌生菜。那个星期一，鲁比出去找维吉尔时发现他和燕麦坐在沟渠旁枫树下的一丛高草里。她把维吉尔扶起来，陪他回家时，燕麦也一路跟着，直到鲁比让维吉尔坐在侧门边的椅子上，她都没有走。燕麦只是安静地坐在那儿，直到她家的晚餐时间才起身，舔了舔维吉尔的手，再往家跑。

"第二天早上，"鲁比说，"她就等在他的椅子边。从那以后，她就整天和他在一起。"

"我希望她没惹出什么麻烦。"佐丽说。

"没有，而且我还要告诉你，有燕麦在的时候，他不会像平日里那样瞎折腾。不管怎么说吧，反正是少了些折腾。"

鲁比抄起胳膊，诺亚凑向前来，说道："今天下午，我在我们上次聊天的那棵山核桃树旁发现了他们俩。"

"他们在干吗？"

"就只是坐着。"

他们三人都看向维吉尔，他正在用勺子舀起热酱汁拌生菜，好不容易才送进嘴里。诺亚站起身，走到窗前，然后回来，点了点头。

"现在她就在外面，躺在椅子旁边。"

接下来的那星期里，佐丽有一两次在白天开车经过萨默斯家，都看到燕麦紧挨着维吉尔，蜷身趴在树荫下。那个星期四，鲁比很确定地说燕麦每天都来，一天都没漏掉，佐丽就不再担心了。那晚，佐丽读了一本詹姆斯·惠特科姆·莱利的传记，书中连篇累牍地引用了他的诗文，别说鲁比和维吉尔了，她怀疑连诺亚都听得昏昏欲睡，之后，她和燕麦一起走回家，她从口袋里拿出一块用餐巾纸包好的火腿肉糕，给燕麦吃，还拍了拍它，说以后还会有更多好吃的，只要她继续这样乖乖的。

白天，燕麦已然成了萨默斯家侧门边的固定成员，以至于九月底的一天早上没有出现时，鲁比跑到小路上唤她，因而没看到维吉尔——他离开了自己的椅子，回到屋里——咽下了最后一口气，倒在了厨房里。第二天晚上，她们一起坐在萨默斯家的厨房里，鲁比告诉佐丽是诺亚发现了他。鲁比怎么喊也喊不来燕麦就放弃了（据佐丽所知，燕麦在家里的红毯子上静静地坐了一天），接着又注意到瓜田里有些杂草，等她忙活完了回家，才发现诺亚把死去的父亲的头抱在怀里。

"很难说谁比谁更安静。"鲁比说。自从前一天救护车把维吉尔带走后，诺亚就没有出过他的房间。他得吃点东西，最起码也得喝点什么。她知道他在楼上没有水。佐丽说，她料想诺亚会非常难过，闭门不出是他处理悲伤的方式。鲁比说，救护车到来之前，他还没有悲伤到做出什么蠢事的地步。佐丽挑了挑眉毛，疑惑地看着她。鲁比指了指洗手间门边的地毯，维吉尔就是在那儿摔倒的，她说还有很多擦擦洗洗的活儿要做。佐丽侧过脑袋，可以看到绿色地毯上有一道淡淡的痕迹，围出一个白色的椭圆形。椭圆内的空间看起来那么小，她实在无法相信维吉尔就曾在那个圈里。

"天晓得是不是他俩捣鼓出来的馊主意，我要是知道肯定会阻止的。你知道维吉尔喜欢读的那些东西，其中有很多也钻进了诺亚的脑瓜。在他父亲身边撒一圈石灰粉。我的天。大概和什么古老的作战仪式，或是类似的恶作剧有关。真不知道我走后他会搞些什么。"

佐丽拉住鲁比的手，揽住她的肩，一直抱到她安静下来。然后她上了楼，敲了敲诺亚的房门。没声音。佐丽又敲了敲。

"你在屋里吗?"她问。

"我在，佐丽·安德伍德。"诺亚应道，隔着门，他的声音有点含糊。

"你妈妈很难过，最好有人陪她。我一直在楼下，陪着她。"

"谢谢你。"

"我想，你也得吃点东西。她说你从昨天起就没出过这扇门。我拿盘吃的和一杯水上来给你，行吗?"

诺亚没有回答。佐丽凑近了房门。她从没进过他的房间，甚至从没想过他有一个房间。把脸颊靠在凉凉的木门上时，她的脑海自动产生了一连串奇怪又生动的画面: 小窗边有一把简朴的椅子，屋檐下有一张四柱床，衣橱里挂着干净的衬衫，黄色灯光笼罩着一只带有伤疤的大手。诺亚再次说话时，佐丽意识到，要么这个房间非常小，要么是他站立的位置离她非常近。

"她早知道了，"诺亚说，"你的狗。她预见到了。"

"嗯，"佐丽说，"我觉得她是知道的。"

"可我没有。之前没有任何想法。直到他倒在地上，我才知道。我在谷仓里听到的。"

"嗯。"佐丽说。

"屋檐上有只死蛾子，我盯着它看的时候，它晃动起来，砰砰地响，我就知道他死了。"

只能听到诺亚的声音，佐丽说不准他是不是在哭，那嗓音在她听来比平时更深沉，更紧绷。她觉得他是在哭。

"绿色的标记。"诺亚说。

"什么?"佐丽问。

"他很久以前跟我说过，在一切结束之前，他会让我看到绿色的标记，确实如此。"

"绿色的标记是什么意思?"

"我不知道。我想是死亡吧。生命，神秘。主要是神秘。"

佐丽的眼前又浮现出绿色地毯上椭圆形的淡淡印迹，

不禁打了个寒战。虽然那一圈印迹很小，但在她的脑海中似乎与浩瀚的大湖勾连在一起，在迷雾中隐形，令她的目光无从着落。她想起多年前诺亚站在田边，手里拿着一封信，谈起他头脑里的旋风。她想起他手持锯子站在那里，谈起词语不停坠落，还想起维吉尔躺在法兰克福的某个地方，等待被下葬。她想起哈罗德从高空坠落，奥珀尔坐着洗冰浴，托马斯夫人吃掉她手里的胡萝卜。她想起诺亚在国庆日野餐时站在篝火前，想起他在通红的火光里伸出长长的双臂，想起燕麦和她的红毯子，想起诺亚，在离她两英尺不到的地方哭泣，想起她伸出手臂，就像揽住鲁比时那样，她想，不该想这么多，我该回家了。

"不管怎么说，我想让你知道，你妈妈需要你的陪伴。"她说着，把耳朵从门边移开。

"谢谢你，佐丽。你帮了大忙。我等会儿就下去。"

"你应该没事吧?"

诺亚没有回答。佐丽转过身，走出一步，听到身后的门打开了，便停了下来。

"这个应该给你。"诺亚说道，他的声音比刚刚掩藏在一英寸厚的门那边时更深沉，更紧绷。走道里的灯光很暗，几乎照不亮他，他用双手捧出那本破旧的《蒙田随笔》。佐丽一动不动。他身后的房间是暗的，像个洞穴。

和他一起释放出来的空气里有柠檬和鞋油的味道。佐丽看得到诺亚脸颊上有一道道泪湿的痕迹，如同一道道苍白的皱纹。

"你知道的，我不能收下那本书。那是你和鲁比的。"

"属于我们的都已掉进他的绿色标记里了。就像你的哈罗德掉进了他的标记里。鲁比一直说她希望你能留着这本书。我琢磨了一下，觉得维吉尔也希望它从此之后属于你。"

佐丽想象着哈罗德撞上了绿色的水面，他那架被烧毁的飞机穿透绿色的黑暗，沉了下去。是漂流还是沉定？或是浮升？让他的骨头被又小又利的嘴巴噬啃？被笼罩现时的纤弱迷障？抑或被笼罩过往的？究竟是哪一种？信息发送出来，你不是就能接收到了吗？她颤抖着摇摇头，但伸出了手，就像他献出书那样，她也用双手接下了书。他们没有触碰到对方的手指，但非常接近。她又问了一次诺亚没事吧，诺亚又一次没有回答，只是谢过她，用前臂抹了抹脸颊，再道了晚安。几分钟后，她匆匆离开绿色小路尽头的那栋有绿色屋顶的房子，向绿色的树林和家走去，一路随行的只有无法回应的神秘感，佐丽想明白了，如果他有答案的话反而太奇怪了。

燕麦在连翘丛下等她。佐丽带她进了厨房，给了她半块午餐剩下的、烧焦的猪排，再给自己倒了杯牛奶。她把杯子放在厨台上时，几滴牛奶顺着杯缘滑到了台面上。她想去拿抹布，却愣住了，然后拿起杯子，喝了一口。燕麦舔了舔嘴，竖起耳朵，轻轻呜咽。佐丽把剩下的猪排给了她，又喝了一口牛奶，说："要安静了。"却不太确定自己这话到底是对谁说的，她翻开维吉尔的《蒙田随笔》，看了一会儿，合上，之后在原地伫立良久，低头盯着自己的双手看。

4

这座宫殿看上去轻飘飘的，

就像一朵在天空中暂时停留的云彩。[1]

1　引自《海浪》，作者：弗吉尼亚·伍尔夫，译者：曹元勇，上海译文出版社，2012 年。

洪水季，晴朗季，丰收季，干旱季。五十年代末的
九月风暴刮倒了佐丽的两棵白橡树，于是，她改种了木
瓜。木瓜没活，她才决定种枫树和山核桃，很开心地看
到它们茁壮成长，将各自的形态舒展到半空。有一年她
得了流感，第二年又得了三次感冒，接下去的两整年里
都没生病。总之，农场经营得很好，足以值得投建第二
座谷仓。她的旧卡车彻底坏了，所以她给自己买了一辆
新车。县里迫于猪流感肆虐，强令她宰杀剩下的几头猪，
之后她就不养猪了。为了吃肉而宰杀这些勇敢、聪明的
动物是一码事，但用铲车把它们的尸体埋进土里完全是
另一码事。但也有别的好事可堪补偿。她种了一片蝴蝶
最爱的醉鱼草，气氛立刻生动起来。鹪鹩、知更鸟和毛

茸茸的啄木鸟都爱上了她的树林。有只很大的蓝鹭开始定期过来，盯着沟渠延伸并探到砾石坑里的那片水面。她采到了很多四叶草，剪蜡纸，压叶片，把自己搞得筋疲力尽。不管是在教堂里还是镇上，谁都不会拒绝把这样的四叶草塞进自己的手袋或皮夹，莱斯特还特意秀了一下，把她给的两片四叶草插在帽带上。就是这时候，她的菜园不断扩大，旺盛生长。她收获的作物远远超出了她所能消耗的数量，于是，她养成了和邻居们分享大部分罐头和冷冻食品的习惯，尤其是那些收成不佳的农户们，用坎迪·威尔逊的话来说就像在"散播好运"。她用大罐子做的火腿和青豆特别受欢迎，莳萝泡菜也是人见人爱。大家都觉得她配出来的滋味恰到好处。

有一年春天，县里的治安官汉克·邓恩开始在夜里拜访佐丽，他在学校里比哈罗德高几年级，也曾出席在希利斯伯格举办的追思会。第一次来，他请她在消防志愿团散发的安全措施规范请愿书上签字。第二次，也就是三天后，是为了跟她汇报最新动态，反正他开车经过，不妨顺便讲讲后续的相关消息。他走后，佐丽说不清自己对他的来访有何感想，更不确定他提议下周再来是什么意思，但她确实注意到了一点：两人站在他的警车旁说话的时候，她全程都在烦恼，因为她的连身裤有点脏，还套着一双橡胶长筒靴。下一次他又的时候，她穿了牛仔裤和干干净净的黄色防风夹克，再之后的一周，她穿过院落走向他之前，先在镜子前停留了片刻。

他第一次带她进城时，他们吃了牛排、豌豆和土豆泥，浇在土豆上的肉汁味道还行，谈话的内容还是之前车道上的那些：变化无常的天气、高中篮球赛、农作物产量和乡间警务。佐丽聊了聊几户邻居，包括萨默斯家，汉克露出微笑。汉克很了解维吉尔，谈起他时总带着崇敬的口吻。他重病而亡令这个社区痛失一位总能让人耳目一新的好伙伴。"以前我只是站在旁边听他说，真是一绝。有一次，他讲起恺撒大帝的伟业，也可能是我不知道的哪个伟人，他讲得栩栩如生，好像是他自个儿在那儿大吃葡萄似的，起码讲了一个钟头。他知道所有那些古人的名字，就好像他在谈论麋鹿俱乐部[1]里发生的事儿。他说得特别带劲儿。我敢肯定地说，他跟我说了那些古人早饭都吃了啥。你再也找不出他那么神的人了。好玩的是，你完全不会觉得他是在炫耀。"汉克靠在椅子里，摇了摇头，好像他还在回忆那个场景。佐丽说她也一直有同感，又补了一

1　麋鹿俱乐部（Elks lodge，又称 Elks club），是由纽约的演员和学者成立于1868 年的俱乐部，组办慈善、教育和社交活动，拓展后在全美境内有多达数千个分部。

句，说她不确定诺亚会不会也有同感。

"难说，"汉克说，"我从没见过哪个儿子比他更敬佩老爸了，这是大实话。但他俩宿怨难消，这也是真的。我知道那个疙瘩至今还在。不管怎样，他失去的那个奥珀尔依然像他血管里奔涌的血。"

餐厅里的人，汉克似乎认识七八成，所以他们聊天的时候总有人过来打招呼、随便聊几句，那些上了年纪的女服务生也频繁地过来打断他们，她们走来走去的时候似乎永远提着一壶咖啡，或是端着堆得高高的盘子。被打断的时候，佐丽挺享受的，她喜欢在一旁看汉克那么轻松地将注意力从一个人转移到另一个人身上，享受她可以因此循序渐进，告诉自己眼下的所作所为完全没错，实际上并没做什么，就算真发生了什么事儿——并没有——那也无伤大雅，随着他们坐在餐厅里的时间越来越长，这似乎变得越来越有必要了。一切安好。只是吃一顿晚餐而已。她已经五十多岁了。可算是个大姑娘了。不过，吃过两次这样的晚餐后，他们漫不经心地聊到先锋公司和冠军公司的种子哪个出产量更高时，汉克把手伸过桌子，搁在了她的手上，轻轻捏了一下。她没有当即作出反应，甚至对他笑了笑，把手翻转过来，反过来握了握他。但过了片刻，她把手抽出来，从腿上拿起餐巾，建议他们最好还是走吧，当晚坐在门廊上回想那个片刻时，燕麦在她身旁呼呼喘息，她明白无误地品味到了一种终结感，这个定局从汉克带着各种借口、豪爽的笑声、愉悦的神情和关于天气的轻松闲聊把车停在她的车道上时似乎就已在慢慢成形了。

汉克本人助了一臂之力，敲定了佐丽的假设，第二天晚上，他开车过来，敲响她的门，接下她递给他的一杯冰茶，说："我早就知道了，我打第一天起就没戏。"

"但你坚持不懈。"

汉克挤了挤眼睛。"我想这还是值得的。"

"为什么？为什么是值得的?"

"这要由别人来向你解释了，佐丽。我已经出局了。"

佐丽已经想好下次见到汉克时要对他说的几件事，也想好了几种婉转地请他送她回家的说法，当他们的车停在她家车道上后，她会建议他最好别再来找她，至少别用他一贯的那种方式，那样最好，也最让人轻松。她甚至想象过，对他这样说的时候，试图把自己的意思解释清楚时应该挽住他的胳膊，或是触碰他的手，站在他车旁，或和他一起走在夕阳渐沉、橙色暮光中的小路上。这些有关解释的想象没什么实质内容，也没什么花言巧语，她只能用一两个词语去描绘自己的感受，但现在，要她在明亮的厨房灯光下这样解释显然太难受了，所以她只挑重点，言简意赧："我很抱歉，汉克。"

"不用抱歉。就像我说的，任何人都能看出来你的心思在别的地方。我只是顽固才坚持下去，哪怕我几乎能确定这样做对我没什么好处也要坚持下去。要说当治安官，这种脾性倒还不算坏，算我走运。"

汉克笑了，但笑声不响亮，持续的时间也不长。佐丽拿起她的杯子，看看沉在杯底的糖浆，又放下，说道："在别的地方？"

他俩都看向窗外。一阵微风吹过，嫩叶簌簌颤抖，长长的影子在院子里晃动。燕麦在篱笆边，一边叫唤，一边刨地。不用很久，不断生长的枝叶就会完全遮住视线，但现在仍能透过枝叶看到萨默斯家绿色屋顶的一角。

"哈罗德，汉克。我丈夫。如果说我总在看什么地方，那就是他的记忆，看他。"

"当然。这我懂，永远都会，也理应如此。这事儿我早就想明白了。你说过，你已经能让自己安心了。连年好收成能让你达成这一点。"

佐丽点点头。有一次共进晚餐时，她说过类似的意思。现在，她意识到自己这么说是发自肺腑的。这样的想法已有一段时间了。这些天来，每当她想起哈罗德，在心里发出召唤，回答她的声音大多很轻柔，宛如雪茄盒里仅剩的几簇粉末在发光，相比于"渴望"那么盛大的东西，简直连碎片都算不上。

"我想你是明白的，我不是这意思。"汉克说。

佐丽想要反驳，却欲言又止。

汉克笑了笑。"有些事，不去细想的话，点到即可。流进裂缝的那些。我们心里的选项总会自动冒出来的，不管我们知不知道、喜不喜欢。"

"嗯。"佐丽说。

"是啊，佐丽，我真诚地感谢这杯茶，感谢我们度过的每一个夜晚和每一次交谈。"汉克说着，点点头，站起来，朝门口走去。

就这样吧，佐丽想到自己的脸颊滚烫，只能耸耸肩，和汉克道别时，她的脸颊大概像苹果一样红得发亮，之后，当她对着空荡荡的厨房大声说出"就是这样的，连汉克·邓恩都知道，可这到底对你有什么好处呢？"时，又耸了耸肩。

之后的几周里，这对她好像真的没什么好处。事实上，坦承心知肚明的事所带来的最显著的改变，是和她对哈罗德的感情慢慢改变交织在一起的，尽管她很担心正游向银色溪流尽头的鲁比，却发现自己去萨默斯家的次数比以前少了，而且就算去了，也总觉得自己称不上最好的陪伴。有天晚上，她想去一次，正朝萨默斯家走时看到诺亚垂着头，靠在谷仓南墙上，她一看就知道他肯定在看挚爱之人的来信，用汉克的话来说，那仍是他血管里奔涌的血。维吉尔去世后的这些年里，佐丽经常想起那个夜晚，她站在他的房间外面，隔着门和他说话。看到他那么用力地盯着手中都快捏烂的信纸，她很明白，若非这么费心，他就不能让字字句句把一切秘密展现给他看，想到这封信所代表的、所陪伴的所有信件，她便悄悄地掉转了方向。

　　她回了家。削的土豆比她一星期吃的还要多。她端着高脚杯大口大口地喝水。水珠从她的嘴角溅溢出来，顺着下巴两侧滑落，滴落在她的黄裙子前褪色的那一块，那儿感觉凉凉的。她用拇指和食指摩挲那块地方，想知道，水从你的嘴角溢出算不算另一种哭泣。和哈罗德刚结婚时，她打翻了一杯什么东西。一条湿漉漉的痕迹从桌上流淌下来，飞快地流过打过蜡的桌布，滴落到地板上，哈罗德说："你让桌子哭了。"她说："这是快乐的泪水。"哈罗德说："那肯定是我的泪了，安德伍德夫人。"说完他笑了，那样的微笑，能照亮整个房间、整整一天、整个世界，直到永远，阿门。她努力扬起嘴角，但被那儿的泪牵绊了，然而不是泪，只是高脚杯里的水。

　　电话铃响了。她站在那儿感受裙子上的凉意，不知道自己能忍受铃声响多少次，最后忍不住了才走到房间那头接起电话。哪怕清了清嗓子，她的声音还没做好讲话的准备，所以她静静地等待，只是把听筒紧紧地压在耳边。线路有杂音，轻微的嚓嚓声听来俨如一门外语，俨如她嘴角的湿迹，她或许可以听懂，前提是她要努力地学会倾听。嚓嚓的杂音渐渐放弃了对她的考验，汇入一个人的声音，听来像是从桥下或井底喊出来的。那个声音在问："你好？你在吗，幽灵女孩，是你吗？"

佐丽只用了很短的时间——仅仅几个小时，而且没有开错路——就穿过城郊，到了渥太华，感觉她的福特车贪婪吞噬的似乎不只是数百英里，而是几十年，似乎她要去废弃的谷仓，做好了在干枯稻草上凑合一夜的准备，并打算呈现出自己最好的样子，以便找到一份她迫切需要、却一无所知的工作。所有人都一无所知。接到电话后的那天傍晚，她站在圣科伦巴公墓里的贾妮墓前，站在玛丽身边时就是这么想的。虽然贾妮在将近一年前就下葬了，但这块浅灰色的石头墓碑是刚刚立起来的，基座上的土还很新，像一圈黑色的花边。玛丽在电话中细说了贾妮去世时有多么糟糕，现在，她对佐丽说的是下葬仪式，聚在这里做最后道别的一大群人都是贾妮的兄弟姐妹、侄女侄子、孩子和朋友们，牧师讲话时，暖雨像甜糖浆般细密洒落，走回各自的汽车时，彩虹出来了。她说到贾妮最后出现了各种惨烈的状况，所以不设观瞻仪式，贾妮现在就躺在她们脚下的棺材里，但那口白色的棺材很漂亮，几乎就像当年的贾妮，很多年前佐丽认识的贾妮那么漂亮。玛丽把手搁在墓碑凸起的顶部，闭目哀悼，过了一会儿才睁开眼睛，指向其他女孩在墓园另一边的坟墓，她们的骨头现在都在地下发光。据说，月光粉在一段时间后就不再发光了，但玛丽不太信。

"我们在地面上可能看不到，但在下面不是的，它们在地底下仍会发光。"她说。

后来，她们开车去了法院大楼旁边的一家咖啡馆，喝着寡淡的咖啡，吃着切成片的大黄馅饼，把各自生活中的起起落落讲给对方听。玛丽说，她们时常担心佐丽找不到出路，甚至连她心爱的印第安纳州也没法帮她从伤痛中爬起来，任何明眼人都看得出来当时压在她身上的那种痛楚。

"实际上，主要是我在担忧，"她说着，用叉子敲起杯子的一侧，"贾妮说她认为你能挺过去。她说你会不断寻找值得寻找的东西。现在，看看你吧，开着自己的卡车，经营着自己的农场。你这辈子值了。她说得可真对。"

佐丽还没来得及反驳，还没来得及告诉她电话铃响时自己就呆呆地站在厨房水槽边，嘴角滴着水，玛丽就笑出了声，突然想起什么，说她有过一个男人，就是那种过去总在她们身边晃悠的帅哥，但他从头到尾也不咋的，连半个老公、四分之一个孩子他爸都算不上，所以很久以前就断了。贾妮在男人这方面比她稍微好一点，但也好不到哪儿去。说到这儿，玛丽的眼角泛起了一颗泪珠。泪珠涌出了眼角，顺着几十年来烙印在她脸上的一条皱纹滑下来，她肯定是感觉到了，因而就在泪珠眼看着滑下颧骨前伸手抹去了。她说，不管是谁发明了眼泪，她都希望那人申请了专利，因为足以赚到大钱。

"你说呢？你会投资一家眼泪公司吗？"

"我已经是大股东了。"

"你和我都是，幽灵女孩。你我都一样。"

接着，玛丽咬了一口馅饼，喝了一口咖啡，又对佐丽说起贾妮长久以来一直自认为没事，只不过下巴和脖子有点痛，然后才发展到四肢，很多女孩都经历过那种痛。他们先截掉了贾妮的一条腿，然后是另一条腿。他们对她采用的治疗方法让她掉光了头发，贾妮的头发一直很浓密，到死仍是棕色的，眼睁睁地看着头发先是一缕一缕地掉，再是一把一把地掉，对她俩来说，那是最难接受的事情之一。

虽然贾妮家里人丁兴旺，而且人数越来越多，但贾妮只想让玛丽陪她到最后。虽然她们吵过一次——那时候，越来越多的女工开始生病，玛丽警告过，但贾妮不听——但后来和好了，甚至比以前更亲密。多年来，她们一直亲如姐妹，等于是一起把孩子们拉扯大的，她们常开玩笑，说她俩才该结婚，而不是嫁给那些没用的丈夫，到头来，他们在她们的生活中只不过是微乎其微的角色。

"她老谈起你，幽灵女孩，"有一位年轻、跛脚的女服务生来给她们续了咖啡，这好像已成了她们谈话中不可或缺的一部分，玛丽接着说道，"她的朋友多得很，但到了最后，你的名字不止一次地冒出来。你知道吗，她保存着你为她找到的那颗珍珠。很多年前，我把我的那只贝壳弄丢了，但她一直珍藏着那颗珍珠。现在，它应该就在她大女儿家的一只盒子里吧。我们俩都想知道你怎么样了，外界向你扔出了哪些弧线球，你挥出球杆但错过了哪些球，击中了哪些球。我说过，她不担心你能不能过上好日子，但她确实担心你可能也被涂料害到了，我对她说，你在那儿待的时间并不长，应该不足以让你深受其害，但我们都提到过，应该找到你，确认一下。我们总惦记着要拿起电话，因为电话簿中不会有太多个佐丽，别处也不会有太多个叫佐丽的，但这事儿总被耽搁，到头来也没打完那些电话，然后呢，情况越变越糟。糟到这个地步了，我才终于打了那通电话。"

玛丽停下来看着佐丽，脑袋歪向一边。佐丽意识到那是向她抛出的一个问题，并且明白自己最好试着给出答案，但一开口，却是什么话也说不出来。玛丽等了一会儿，然后耸了耸肩说道："好吧，你还好好地活着，呼吸着上帝给的好空气，我也是。不管怎样，还能多活一阵子。"

听了这话，佐丽立刻抬起目光，她刚才一直在搅拌并盯着咖啡看，绞尽脑汁想找到某种切入点，好去聊聊哈罗德和鱼钩。玛丽说，是的，那种癌，和毁掉贾妮及其他许多女孩的癌很相似的那种病也在她的邀舞卡上留下了标记，很快，她也会开始接受治疗。她的预后总体来看还不错，但她已近距离看清了现在瞄准她的是什么样的武器，因而很有动力完成一些未竟之事。和昔日短暂交好的朋友佐丽坐在一起，就是其中之一。她哭了，佐丽拉住她的手，跟她一起哭，过了一会儿，她把手伸进钱包里，拿出贾妮寄给她的明信片。

"我记得这事儿。"玛丽说着，抹了抹脸和鼻头，有点不好意思地笑了笑。

"她寄给我的，都有六七年了吧。"

玛丽接过明信片，翻过来，眯起眼，摇了摇头。"你想看时间飞逝，搞不好会把脖子扭伤呢。你试过吗？我知道我从没试过。时间会替你飞转沙拉碗，甩掉多余的水分。天啊，是的，真的会。她真的去了。她确实乘坐了那辆列车。一整个星期都在不停地说这事。"

"我想过去试一下的。"

"真的吗？"

佐丽说她没去成，被困在沙丘里了。玛丽说她懂那是什么感觉。她说，并不需要流沙就能让你举步维艰。她们拐了个弯，穿过老城区，路过曾经的汽水店，现在变成自助洗衣店了，还经过了老电影院，她们曾一起去看玛琳·黛德丽的电影，看她穿着丝绸长礼服在大银幕上光彩照人，再往下走就是她们一边吮糖果、一边描钟面、用嘴唇抿尖刷笔、朝着她们未来的厄运抛出飞吻的工厂。玛丽说她希望佐丽明白，虽然她说了眼泪的专利、流沙那些话，但她和贾妮都有美好幸福的生活。她们就此聊过很多。

"最后的时刻我不在场，但贾妮的哥哥告诉我，她是带着微笑走的，这我信。她说她这辈子享受过太多乐趣，就像坐在跑车副驾座上一路飞驰，即便到了终点，也不会因为旅程结束而忧伤。幽灵女孩，你也在她美好的回忆里。在我们俩的美好回忆里。"

佐丽将那张明信片放在随时都能看到的仪表板上，第二天早上开车回家时，她时不时就看上一眼。告别时，她问玛丽自己能不能做些什么，去帮她应对眼下必须面对的事，玛丽回答说，佐丽开车过来、和她一起站在贾妮的墓前、记住她们两个人、听她喋喋不休就算帮到她了。到了最难的时候，她可以仰仗自己已经成年的孩子们，贾妮的家人也不会忘记她。佐丽把车钥匙插入点火器时，玛丽再次问她好不好，这次问得更直白，佐丽这次斟字酌句，想出了合适的回答。尽管玛丽安慰她说，佐丽和她们不一样，她和贾妮，还有许多别的女孩多年来几乎是一桶一桶地吞下月光粉，但没有伤及哪个孩子，有的宝宝就是留不住，然而，佐丽不禁疑惑起来，那种美丽的粉末是不是找到了什么办法也伤害了她。

可能还要算上那种光芒，她边开车边想，是不是她们涂抹在手上、脸上和衣服上的光辉让她失去了哈罗德？是不是那种光芒偷走了她的宝宝，又阻止另一个宝宝生根发芽，还以某种方式夺走了她的丈夫？在那架坠落沉海的飞机里，他是不是一直看着莹莹闪光的钟面？她体内的膜壁本该是温暖、安静和黑暗的，是不是被她喝下去的粉末点亮了？是那种光芒偷走了格斯和贝茜吗？甚至回到过去，带走了她父母，让老姑妈取而代之？那光芒是不是渗出了窗口，穿过了田野，进了萨默斯家，偷走了维吉尔的智慧？它伤害了奥珀尔吗？诺亚呢？亲爱的贾妮真可怜，她心想。亲爱的玛丽真可怜。我们所有人真可怜。

她太累了，不得不把车停在雷明顿镇外，下车走动走动。一辆收音机开得震天响的绿松石色双门跑车驶过时，她刚一脚踩进沟里的淤泥，拔出脚时差点儿没勾住棕色的鞋。跑车按了喇叭。佐丽挥了挥手。她知道自己以前听过这首歌。一定是猫王的歌，或是巴迪·霍利的。她分不清这两人，但她知道，不是这个就是那个已经死了。跑车突然扭转方向，然后，又朝另一个方向扭，好像在向她献舞，然后又按了一声喇叭，径直开走了。她看着它消失，笑了。因为，那不就是贾妮的跑车嘛，在渥太华出来的这条路上，专为在水泥马路上跳舞设计的绿松石色汽车。无论是驾车的喜悦，还是她的老姑妈深恶痛绝的旧日希望，都让她渴望移动双脚，挥舞双手。就在马路中间，她移动了双脚，也挥舞了双手。她吹起口哨，哼着她听过的歌曲的片段，回到家时觉得心里如此平静，以至于她没有像刚刚驶离渥太华时想好的那样把装着粉末的旧盒子直接拿到后院埋了，让黑暗的蠕虫世界发光，而只是把雪茄盒移到一边，打开她放在盒子下面的维吉尔的《蒙田随笔》，把贾妮的明信片塞回泛黄的纸页间，然后哼着歌，微笑着合上书，在她看来，这样做并不奇怪。

她和哈罗德以前常会支起手摇留声机，放些带杂音的歌曲，歌手的名字她都不记得了，草草检查了一番后，她确定是修不好了，便去买了一台新唱机。卖唱机的人说他可以送几张黑胶唱片给她，但当他开始拿出贝多芬和巴赫时，她说她要找的不是葬礼音乐，她想要人们在露天电影院和收音机里放的那些歌。

"啊哈，"那男人说，"你在找金。"

新唱机是鲜红色的，便于携带，内置扬声器，声音足够大，当佐丽把音量调到最大时，她的牙齿都会打战。她在厨房里听猫王，在客厅里听帕特·布恩，在地下室听海滩男孩，在卧室里听"和弦女孩"女声乐团。不听唱机的时候，她常吹口哨。她希望格斯能听到她唱《睡魔先生》和《猎犬》，她觉得自己的唱功有了很大的进步。开着音乐时，她很少用脚尖打拍子或晃肩膀，但她会跟着唱，还经常打响指。

然而，她无法彻底找回从渥太华开回来的一路上的那种感觉，无论她把帕特·布恩或巴迪·霍利的歌声开得多响，贾妮、玛丽和她们所代表的整个失去的世界都会在她周围不停地旋转。是鲁比无意间说的一句话让她对这两位女伴的零星想法突然清晰起来了，那时她正在帮她晾衣服。佐丽一直在哼歌，后来才意识到哼的是《将是那一天》，鲁比说："诺亚的奥珀尔晾衣服时也这样哼歌。"就说了这么一句，没再多说，晾完衣服后，佐丽回了自己家，但这句话勾起了一些念头，让她想到了贾妮和玛丽建立并持续了这么多年、至死不渝的友情，与此同时，她们始终在帮助别人，比如她，那肯定是一种爱，一种重大的爱，几天后，一个下雨的下午，她决意驶向洛根斯波特，她也将此举归功于这句话。虽然第一次看到州立医院的牌子时没有进去，但她确实放慢了速度，隔着车窗玻璃眺望那片散落在山坡上、在雨中阴暗着的楼群，诺亚的挚爱，他的奥珀尔，就在其中一栋楼里度过她的日日夜夜，她想象着自己去拜访她，说些慰藉之词，伸出她的手，那会是什么感觉。事情本来可能到此为止，就这样眺望一下，有些想法和感受随之而来，但过了两周，她意识到自己不再经常打开唱机了，如果不吹口哨、不哼歌，她就用脚打节拍，好像这已经够了，现在尽可让别人来领受音乐的馈赠，于是她上车，又开了过来。

那天早上，莱斯特跟她说起洛根斯波特郊外的一个蓝莓农场，他的妻子埃玛上周末刚去过，所以佐丽开到半路在那儿停了一下。那天十分晴朗，一排排蓝莓散发着泥土味，气息香甜。有些浆果已经熟透开裂，还有一些显然被鸟啄过，但还有更多光滑、闪亮、完整的果实。佐丽用右手去采，手酸了，再换左手。她的拇指和食指的指尖变得黏糊糊的，她采蓝莓时没有像周围的其他人那样吃很多，但她还是时不时飞快地将果子送进嘴里。她采满了一桶和一只小篮子，她在篮子里垫上了红格塑料布，然后一手提着篮子，另一只手提着她的黑胶唱片和唱机，跟在一位面带亲切微笑的年轻护士身后，穿过粉刷一新的长长的走廊，走进洛根斯波特州立医院的西区病院，来到了奥珀尔的床前。

"亲爱的，你有一位访客，她给你带了让人开心的好东西。"年轻护士说着，帮她坐起身，摆好枕头。她转向佐丽，低声说道："她最近发作了一两次，正在接受一些新的治疗方法，所以，她可能会有点虚弱。"

"我不困，玛吉。"奥珀尔说道，她的眼睛先是盯着护士看，再盯着佐丽看。她的眼睛是深蓝色的，佐丽从没在任何人的眼里见过更深、更蓝的颜色，就像她带来的成熟蓝莓，蓝到发黑，而且，那双眼睛似乎一眨都不眨。

"很好，亲爱的，"护士说，"这位是佐丽·安德伍德。

她从克林顿县来，就是你来这儿之前住过的地方。她给你带了蓝莓和唱机，想来问候你。我过几分钟回来。祝你们俩聊得愉快。"

护士朝房间另一边的一张床走去，那张床上的人似乎完全蒙在灰色毯子里了。护士走近并俯身去看时，那人就发起抖来。

奥珀尔看向那篮蓝莓，又抬起眼睛看向佐丽。

"我是奥珀尔。"她说。

"很高兴认识你。我的农场就在萨默斯家隔壁，"佐丽说，"我已经在那儿住了很久了。真的挺久了。"

"那是你给我的唱机吗?"

"是的。护士说你必须获得许可才能用。你觉得你会喜欢它吗? 假定他们说你可以用?"

奥珀尔慢慢地抬起一只手，紧紧地按在一侧脸颊上，闭起眼睛，很久都没有睁开，以至于佐丽不禁觉得自己的拜访可能还没开始就已告终。她突然想到，这大概不算太坏的结果。前一天晚上，她躺在自己的床上，闭着眼睛，不止一次地对自己说："我只想见见她。我只想做一件好事。"现在，带着一台几乎全新的唱机和一袋黑胶唱片，手里还提着一篮子蓝莓，她并不能百分百确定自己为什么要把这些东西送给一个住院时间比她自己住在农场里的时间还长的女人，在这个曾被称作北印第安纳州精神病医院，病人们要么在灰色毯子下发抖、要么在大厅里闲逛的病院里，"我只想做一件好事"的理由似乎还不够。而且，她已经看到她了。

她走过去，把蓝莓放在奥珀尔床边的桌上，挨着一盒纸巾，然后转身要走。就在这时，奥珀尔开口了。

"我不困，佐丽·安德伍德。我闭上眼睛只是因为那么多颜色。我很感激你的礼物。我喜欢音乐，而且，这儿的医生是个很通融的好人。我会在周五下午听唱机。请坐。"

有把用旧的折叠木椅靠在桌后的暖气片上。佐丽把它拉出来，展开，摆在奥珀尔的床边。她把手袋搁在膝头，交叉着脚踝，说了声"谢谢"。

"你闭上眼睛时就在自己创造的洞穴里。"奥珀尔说。

佐丽看着奥珀尔，闭上眼睛，想象洞穴，然后睁开眼睛。奥珀尔又用刚才一眨不眨的目光看着她。佐丽很想知道，她是不是在住院期间教会了自己不眨眼，也许是在深夜，当走廊里空无一人，她被病友们的呻吟和呢喃声包围的时候。

"你喜欢蓝莓吗?"佐丽问。

"差不多就像我喜欢音乐那样。"奥珀尔说。她以前的嗓音肯定更鲜活，现在讲起话来也很热情，但她的眼睛没有眨过一下，也没有笑。她的脸，以前显然是非常漂亮的，现在已出现了一道道皱纹，相比之下，玛丽和她自己的脸孔简直就像婴儿的皮肤般光滑，而且，她的前额还爆出了一片皮疹。她的嘴看起来有点不对劲儿。佐丽怀疑他们给她装了假牙。

"你的眼睛真漂亮。"佐丽说。

"漂亮得就像明亮的蓝天，这双眼睛，佐丽·安德伍德。"

"说得太对了。"

"是的。"

"我和鲁比很熟，维吉尔去世前，我和他也很熟。那是我丈夫哈罗德在战前的家。你肯定见过他的。"

奥珀尔看着她。如果不用天空作诗意比喻的话，在她眼窝里的似乎是蓝莓，而非瞳孔。

"战争期间，我的哈罗德在荷兰被击落。我接管了农场。农场不大，但我扩展了一下，还有个好帮手。他待在这片儿挺久了。你可能也认识他。莱斯特·邓恩。说实话，最近大部分事情都是他在管。我多数时候在四处奔走。"

佐丽咬住下唇内侧，把交叉的脚踝摆正，然后再次交叉。

"诺亚跟我说过你的事。他过去常和哈罗德一起干活。他喜欢你的信。据我所知,那是他在这世上唯一喜欢的东西。他给我看过一封写到旋风的信。他们在家时总会说你是顶顶聪明的那一个。哈罗德说你和校长一样聪明。"

"我希望被埋在土堆里。"奥珀尔说。

佐丽再次咬住下唇。

"他们把各种各样的东西埋在土里。你可以在土堆里找到陶器和牡蛎壳。还有小孩子的玩具,镶有珠子的漂亮玩具。还有不少烧焦的杂物,每一件都披着黑色的外衣。在土堆里会很温暖,很安静。你可以在那儿躺很长时间。雪会落下来,覆盖整个广阔的世界,你就躺在那里面。"

"我喜欢那样。"佐丽说。

"'避开这阳光,躲进这片阴影里'[1]。"奥珀尔说。

"真美。是你想出来的吗?"

"哦,佐丽·安德伍德,应该说是出自某位作家之手。你在《圣经》里是找不到这句话的。任何宗教祷文里都没有这句话。我以前喜欢反过来说,'避开这阴影,躲进这阳光',但作家写下来的时候不是这样的。她写的方式更

1　引自《海浪》,作者:弗吉尼亚·伍尔夫,译者:曹元勇,上海译文出版社,2012 年。

难，但更漂亮，更真实。有时我会躲在毯子下面，假装我已经在那儿了。在地底下，我是说。我跟菲比·纳尔逊说过我有时会这样做，现在她从早到晚都这样。也许以后，到了周五下午，我们可以放着你的音乐这样做。"

"会不会太吵了？"

"哦，不，我们会轻轻地放。"

佐丽看了看铺着灰色毯子的床，想象着把温暖的泥土堆在她身上会是什么样子。不用棺材，只用泥土。温暖而柔软。当她融化消逝时，B.B. 金轻轻低吟。

"不久前，我有个朋友被他们放进了棺材。但那是一口很好的棺材，他们是这样告诉我的。从里到外都是崭新的，雪白的。我还有个朋友可能很快也会进棺材。"佐丽说。

"我很抱歉。"

"她们是幽灵女孩。在伊利诺伊州的渥太华。我想我有一段时间也是。"

"幽灵女孩，佐丽·安德伍德？"

"因为下班后的我们会在电影院这些黑暗的地方发光。"

"就像在我的洞穴里！"

"对，就是那样的。"

"哎呀，太美好了。"

"是，当时是挺美好。光芒持续的时候。会亮上一会儿。很久以前的事了。"

"你不发光了吗？"

"很多年都没有了。"

"那么，也许我也是个幽灵女孩。"

"是有可能。"

接着，佐丽向奥珀尔描述了渥太华和镭表盘公司，还有她与贾妮及其家人、玛丽在一起的日子。她对她说，即使她们用的涂料最终不再发光，但热度仍在，其中有些东西会进入你体内，渗进你的骨头，并且留在那里，哪怕你离开这个世界，它也永不离去。她告诉奥珀尔，她在怀孕时吞了几勺粉末，现在，她担心是自己伤害了宝宝，也不知道对自己做了些什么。奥珀尔深吸了一口气，好像要说什么，佐丽以为她大概会对这些事给出一些想法或观点，但她说的是："他们以前常让我在奶牛场挤奶。"

"现在不让你去了吗？"

奥珀尔摇摇头，耸了耸肩，再将双手放在膝上。

"他们说我干得不好。他们迫使我减少一些我习惯了的消遣。在给我丈夫的信里，我把一切相关细节都写清楚了。这让我们所有人都很难受，我指望着他能提出申诉。"

奥珀尔停顿了一下，身子前倾，又说道："但你知道真相是怎样的吗，佐丽·安德伍德?"

佐丽摇摇头。

"他们的诊断是正确的。不可否认，我在各个方面都不算好。有人管理我是正确的做法。禁止我丈夫来访是正确的。我的医生既通融又公正。我就应该滚重球、吞下白色药片、抓住总会从我手中逃脱的水果，这些都很适合我。我也都和我丈夫解释过了。"

"你说了?"

"是的，我说了。"

"他日日夜夜都在想你。这些年一直这样。"

奥珀尔的脸似乎凝固了，仿佛突然结了一层冰，把她的脸封起来了。然后，她卷起深粉色的舌头，舔了舔她鼻子下面的什么东西，还在那个位置停留了一会儿，再慢慢地收回到嘴里。

"暂且不说新定的规则和疗程，他们对你好吗?"佐丽问道。

"哦，好的，佐丽·安德伍德。我们看电视。我们玩游戏。现在，我们还会用那台闪亮的红色唱机听你带给我的唱片。除此之外，他们还让我们把蜂鸟喂食器挂出去。

啊，佐丽，我真的好喜欢看到小蜂鸟啊。"

说到这儿，眼睛从未离开过佐丽的奥珀尔突然绽出极为短促的笑容，双唇依然抿着，这笑容让她的眼睛闪出可爱的光芒，但消失和出现几乎一样快。过了一会儿，她又把手捂在脸颊一侧，转过头，看向窗外。橡树和枫树在微风中轻轻摇摆。两只麻雀和一只红衣凤头鸟疾速掠过。佐丽扭回头看奥珀尔时，眼前仍能看到红衣凤头鸟的红色——和电唱机的红色真是绝配。过了几分钟，她站起来离开时还能看到那红色。

"很高兴终于见到了你，奥珀尔。"佐丽说。

奥珀尔再次闭上了眼睛，挥了挥没有抚住脸颊的另一只手，说："这是一个完全属于你的洞穴，佐丽·安德伍德。不管你会不会发光。这是你脸孔后面的一个洞穴。是你的。属于你。"

那天晚上，佐丽思索着洞穴、阴影和蓝莓般的眼睛，想得太多，以至于没睡好，醒来时还记得自己做了噩梦。她打开收音机，试图驱散那些想法，收音机是她归途中买的，因为担心自己可能终究会怀念放音乐听的感觉，但她调来调去，听到的都是电波的杂音，便把收音机关了。她晚上在家时会有燕麦作陪，这样的日子已经有一阵子了，到了早上，她一边喝咖啡、吃吐司，一边把前夜做的梦告诉她，比如她在梦里看到燕麦奔跑在软乎的泥地里，那片土地似乎很想让燕麦停下来，安顿下来，又比如她回到了蓝莓田，却没法采到任何果实，因为那些灌木都是活生生的，只要你去碰，它们就会尖叫。

"你有什么想法?"她问燕麦。

燕麦竖起耳朵，发出尖细的喉音，表示不置可否。

佐丽给燕麦备好了早餐，再把她采回来的另一半蓝莓送去给鲁比，鲁比谢过她，说她会做个蓝莓布丁，再把剩下的冻起来。她问佐丽她打算怎么做自己的那一半蓝莓，佐丽说她不知道，然后才说，她其实没给自己留，她把亲手采的蓝莓都送人了。

鲁比用眼角的余光瞥她，说："好吧，诺亚确实说过，你最近表现得很奇怪。"

"我去了洛根斯波特。"佐丽说。

鲁比要么是不惊讶，要么就是完全没有表现出来。"她怎么样?" 她问。

"我不知道，"佐丽说，"我不知道怎么说。"

"大多数时候，我也不知道。"鲁比从桶里拿出一颗蓝莓，用拇指和食指搓了搓，然后塞进嘴里。她叹了口气，又说："感觉像是上辈子的事了，但现在还是老样子。"

"她说了很多关于洞穴的话。她说她想像印第安人一样被埋在土里。"

"她一向用这种方式讲话。维吉尔喜欢得不得了。说她是那种他可以去交谈的人。诺亚当然也一样。也很喜欢，我的意思是。"

"我把我的唱机送给她了。我不用了。我甚至不知道我当初为什么要买它。"

"我敢说她会喜欢的。"

"你认为他们会让她用唱机吗？"

"我不知道。"

"我应该告诉他吗？说我去了那里。"

"诺亚？"

佐丽点点头。

鲁比又挑了一颗蓝莓放进嘴里。她咀嚼了一两下，然后咽了下去。

"他已经知道你去过那里了。他昨天跟我说的，说你打算去。"

"有时候，有些事，我就是知道。我希望我们都能知道，即便大多数人并不留意。"佐丽后来碰到诺亚时，他这样说道。那会儿她一直在西边的那块田里忙着耕种，看到他拿着锄头在豆田里耕作。佐丽走了过去，他谢过她送

119

的蓝莓，说他希望她和他妻子的见面是愉快的。她说是的。说她曾希望她们能成为朋友。诺亚说，按照他的想象，和奥珀尔面对面交谈的体验会让她有点困惑。佐丽说起初是有一点，但后来她就适应了，她觉得奥珀尔爽朗又友善，没法更好了。诺亚说他听到这些很高兴。他说佐丽能去拜访一次真是有爱心，还说他能理解她的好奇心。佐丽老早就知道奥珀尔的存在，她想去看看实属合情合理。况且，她住的地方离这儿真的不算远。离玉米地和田地不远，倒不是说离海近。大海和这件事无关，只在诺亚的头脑里。在他的脑海里，这段距离随着岁月流逝变得越来越远，而非越来越近，他曾经以为会越来越近，并倾尽了努力，但没想出怎样才能抵达那一边。他曾以为，有朝一日，时间会抚平伤口，差不多能让他迈出家门，径直走进洛根斯波特的大门。奥珀尔刚被带走后不久，他去看过她一次，他的到来和入院请求让她非常不安，所以他只好答应遵守她的医生的建议，接受她家人提出的限制，等待她返家。不知怎么的，他就等下去了。时间没有像他想象的那样发生作用，他以为那是时间的承诺，但事实并非如此。他说这些时面带微笑，比佐丽习惯看到的他平日里的笑容更开朗，这让她想起奥珀尔转瞬即逝的那丝微笑，想起她那有点不对劲的嘴。诺亚说这些的时候一直保持微笑，他的声音越来越大，他的笑容越来越远，越来越不像是在表达喜悦，至于佐丽，本来就对她去拜访奥珀尔这件事感到不安，现在却敢肯定自己犯了错。他停下不再说时，她开始解释，说这归根结底是因为她的老朋友得了重病，因为那些在黑暗中发光的涂料，因为孤独，那么孤独，因而想去做点什么，献出一些礼物，但当她意识到所有这些理由，甚至包括孤独，都只能算是她去看奥珀尔的一小部分原因，因而她渐渐收声，说不下去了。他们在原地站了一会儿，互相看着对方，然后诺亚开口了，他的声音已恢复冷静。

"谢谢你的蓝莓，佐丽。谢谢你给奥珀尔带了一些。她一向很喜欢蓝莓。"

那年秋天见证了第一次非同寻常的大丰收，之后一连几年都是，因而，这片乡村中的许多人过得比之前很长一段时间都要舒服。莱斯特很久以前就开始存钱，现在拿出了一部分利息在博伊莱斯顿附近买下了一个堂兄出售的小农场。十一月的一天早上，佐丽跟他一起开车过去看了看，也觉得那片地不错。她把自家农场里的一些农具送给了他，还把她的旧拖拉机几乎免费地卖给了他，因为去年春天她买了一台新机器。他仍会去帮她干活，但现在他也是拥有自己土地的人了。

莱斯特和埃玛在十二月的第一周卖掉了他们在希利斯伯格的房子，搬去了属于他们的农场。圣诞节前后，他们办了派对，大家都觉得他们把农场打点得很好。佐丽帮忙串爆米花，也吃了不少，又敲了几只坚果，然后坐到火边。前一天早上，她和玛丽通了电话，玛丽正在接受治疗，头发也都没了，但听上去很精神，真让她高兴。"头发归头发，还好我的家用医疗仪器一样没少！"玛丽这样说，她俩都笑了。为一些不好笑的事大笑，感觉很好。一点都不好笑。埃玛在餐具柜上摆了盛满蛋酒的潘趣碗，整个屋子都散发着肉豆蔻和上好的自制脱脂奶油的味道。

坎迪·威尔逊过来和佐丽坐了一会儿。这年夏天，她被背部手术折腾得不轻，没有特殊靠枕的话，坐起来依然不舒服，但那只靠枕被她留在家里了。她也依然不习惯减重的思路，总是忍不住去吃菲利斯·邓恩带来的厚糖霜天使饼干。有两个女孩在楼梯上追来追去，跑上跑下，过了一会儿，埃玛叫她们过来拆礼物。佐丽看着她们开心地撕开包装，露出两只配对的口琴，又听从了吩咐——佐丽没看到是哪个大人说的——在屋里走来走去，向每一位到场的宾客展示了这份礼物。她们带着一种又活泼、又羞怯的姿态捧着口琴走来走去，试着吹出第一个音调，那样子让佐丽想起了多年前自己有过的圣诞节。

作为代替母亲的抚养人，她的姑妈可以说非常不称职，但要说庆祝圣诞，她却从未疏忽过。二十五日早上醒来时，佐丽总能得到一双装满水果和坚果的长袜，说不定还会有一只陀螺或口哨。有时甚至会有圣诞树，挂着玻璃球和用爆米花、金属丝串成的花环，很小的时候，佐丽最喜欢的莫过于躺在圣诞树下的地板上，透过芬芳的枝叶往上看，当然，是趁姑妈不在屋里的时候。有一次，姑妈冷不防地走进来，发现她正躺在地板上，竟然也在她身边躺了下来，那简直是让佐丽此生最惊讶的一件事。她和她在树下静静地躺了好半天后，姑妈说："我懂你为什么要这样做了。很平静，也很漂亮。"当小女孩们咯咯笑着从佐丽身旁掠过、吹出像模像样的音阶时，佐丽除了微笑、点头，也没再过多纠缠她们，她的思绪已从难得的有关姑妈的美好回忆转向了托马斯先生。托马斯先生也曾公开宣称自己是圣诞节的狂热爱好者，寒假前，他在白雪皑皑的十二月里不止一次讲过他称之为"德国圣诞节"的故事。在德国的圣诞节，圣诞老人穿的是镶嵌纯金的绿衣服，而不是带白色毛边的红衣服，而且自带翅膀，因而不需要驯鹿辅佐他飞遍全世界。在德国的圣诞节，只要你没去抢银行或杀人，不管你表现如何，都有礼物，而且每个人收到的礼物数量相同。

诺亚坐到佐丽旁边时，大人们已经放过那两个女孩了，她们又在楼梯上追来跑去，她说："你有没有听说过德国以前是怎么过圣诞的？我在学校里的老师很喜欢跟我们讲这件事。他搬去埃文斯维尔了，再也没回来，至少据我所知没有，我一直为此感到遗憾。"

诺亚没有回应。他坐着，双手搁在两个膝头，脊背挺直，双眼环顾房间。

"你有没有去拿些蛋酒？"佐丽问。

"鲁比不太好。"诺亚说。

佐丽的笑容从脸上滑落下去，落在她的膝上。她艰难地咽下口水，转头看向他。就在那时，卡特牧师过来了。他最近咳嗽得厉害，体重也轻了很多。别人问起这事，他只会摊开双手，掌心向上，耸耸肩，抬眼望天。他喝的咖啡里不只有咖啡。他草草地朝诺亚点点头，但对佐丽很热络，所以，她过了一会儿才问："有多不好？"

"嗯，佐丽，如果让燕麦做主，她很可能不会再来我家了。"

第二天早上，佐丽的第一件事就是带上一束干玫瑰、百日草和菊花走到小路尽头。诺亚给了她一只蓝色的大玻璃罐放花，然后，她跟着他上楼。鲁比的脸色不太好，眼白看起来发灰。她的身上盖着三条毛毯，肚子上还压着一只热水袋。

"这是用来暖手的，"她说，"我没法让手暖和起来。诺亚为我灌了热水。他自己有时候也会捂一会儿。谢谢你的花。现在可难买到漂亮的干花束了。"

诺亚指了指一把被搬到床边的红色扶手椅。佐丽坐下来，问鲁比感觉舒不舒服。鲁比说她不舒服，但这种不舒服和手冷不冷、照顾得好不好没有关系。

他们坐着，不说话，晨光从东窗洒下一道光柱，照出缓慢旋转如雾的微尘，那是一种很美好的光芒。有一段温暖的、微尘浮动的光芒横贯鲁比的双腿，佐丽忍不住伸手去碰它。她说出了这个想法，鲁比让她接着说，还说今天早上的光线特别好，她也不止一次有过同样的想法。

佐丽看着鲁比。"如果有我们帮忙，你能向前倾吗？"

鲁比眯起眼睛笑了。她朝诺亚看，诺亚点点头，把手从口袋里拿出来。她说："我想我还没进棺材呢。"

佐丽和诺亚各将一只手托在鲁比的背上，等她准备好了，就一起轻轻地往前推，与此同时，鲁比伸长手臂，尽力伸展手指，有那么一分钟，屋里别的一切物事似乎都浸没于黑暗中了，只有那道微尘波动的阳光阻断了漫漫长夜。鲁比将双手浸入暖黄色的光芒，连手腕都伸进去了，就那样触摸了好久，然后叹了一声，在他们的搀扶下再次往后靠在床上。

"这是我见过的最漂亮的一双手。"佐丽说。

"谢谢你这样做，佐丽。"鲁比说。

"是的，谢谢你，佐丽·安德伍德。"诺亚说。

一月初，躺在床上的鲁比在一个阳光明媚的日子里走了，用诺亚的话来说，走得"非常安详"。他们在法兰克福的弗莱殡仪社办了一次告别仪式，每个人都说穿着绿色套裙、戴着银色十字架的鲁比看上去很美。佐丽从棺椁前走过后，捏了捏诺亚的手臂，次日下葬时，她一直站在雪里，看着他们将鲁比沉入冰冻的土里。鲁比的棺材是深棕色的，不是白色的，但看上去很舒适，她希望鲁比在地下的安息能像她想象的那样安宁，想到这一点时，她觉得贾妮的长眠一定是安宁的。牧师致辞时，诺亚的双臂紧紧贴在体侧，目光始终不曾从那个地洞上移开。葬礼后，教堂在地下室里安排了午餐。诺亚什么也没吃，一直望向窗外墓地的方向。大家吃到一半时，他从桌边站起来，走上台阶，在外面的雪里站了一会儿，然后再下来，眼睛湿湿的，脸颊通红。佐丽不知道鲁比的消息有没有传到奥珀尔那里，继而克制自己走过去、坐到他身边的冲动。有人过去把手搭在他肩头说话时，他听得很认真，抿紧嘴唇，点点头。

鲁比去世后，萨默斯家陷入了一种深沉的寂静。一开始，佐丽每天都想去看看，但诺亚经常不在家，而且，她知道诺亚就算在家，也并不总会来应门。暖和的日子里，佐丽会带着燕麦沿着小路散步，总希望能在谷仓院子里看到他的身影，但要么是她去的时间不对，要么是他不在附近。她想象他悲伤的样子，独自坐在冰冷的家里，坐在蓝色矢车菊的画下。自己经历过的那一年又一年晦暗的岁月在她眼前如飞蛾般扑腾闪动，她的心似乎更靠近诺亚的心了。悲伤似乎构成了连接他们的某种膜，而非一道屏障，过往增强而非削弱了"笼罩现时的纤弱迷障"。泪水，让她震惊的是——就连从你嘴里或从桌子上流淌下来的那些都算——如果泪水足够多，如果你愿意尝试，它们足以结成浮雕般的纹路，没有翅膀的人可以放心地踩在上面，走过去。她想知道诺亚是不是在很久以前就凭直觉明白了这一点，而这正是他在情感上和奥珀尔依然如此心心相印的缘由，哪怕他刻意地让阻隔他俩的不到四十英里的距离变得如此遥不可及。

看到诺亚时，佐丽当然没有提及半个字，他拉起栅栏门柱，他修整卡车，他进城买杂货。他们谈论的是天气，他或她正在考虑购买的某样产品的优点。佐丽没有提及鲁比，也没有提及维吉尔，诺亚也没有提到。在这类场合里，他显得镇定自若，但佐丽怀疑他"眼睛后面的洞穴"里发生了很多状况。

事实上，五月初的一个下午，佐丽和燕麦在小路上散步时，突然看到诺亚背对着她，站在他家的谷仓边。她正要打招呼，却发现他弓着肩膀，身子微微发抖，双手捂着脸。佐丽很纠结，又想奔向他，又想继续走自己的路。她选择了继续往前走。回程时又看到了他，他走出谷仓时也望见了她，便挥挥手，还和燕麦打了声招呼。

那天晚上，燕麦在她脚下鼾睡，她却迟迟难眠，想着洞穴。那天下午她和玛丽通了电话，虽然老朋友听上去一如既往地开朗，她们还发现了不止一件可以一笑的事，但玛丽说着说着，声音有过一两次嘶哑，令佐丽非常不安，好像会有一些大洞在她身下裂开，把她吸进去。佐丽刚看了一个电视节目，讲的是印第安纳州南部和肯塔基州的大山洞，有拱形穹顶的洞穴已被电灯照亮，含有金属和矿物质的石壁闪闪发光，就连矿物质的名字也都很美丽。地下河会流经某些洞穴，还有些连通洞穴的通道，如果你想去看，就必须爬进去。印第安人曾住在这些洞穴里，得知这一点后，佐丽想得很多，比洛根斯波特之行后想得还要多；在某种程度上，这些洞穴和留有数万年前的壁画的法国洞穴极为相似。许多洞窟里散落着动物碎骨，还有死于五百年前的古人之手点燃的篝火的余烬。关掉电灯后，保留了如许多奇迹的洞穴便又回归黑暗，也就是洞穴的本然状态。

佐丽努力地去想象，深入洞穴几英里后关灯，周围的世界漆黑一片，什么都看不见了，会有什么感受。在自己的"洞穴"中沉思以至思绪迷乱时，她闭上眼睛，想象灯光寂灭的世界。当她开始惊慌，甚至只是有一点儿苗头时，她就硬撑，依然紧闭眼睛。然而，过了一会儿，她觉得头脑中最近总是太吵、太热的昏暗走廊和通道开始填入了又软又凉、令人静谧的泥土。就在那时，她突然想到，将他们连通在一起的是沉默，不是悲伤，沉默将永永远远地把他们连在一起，生者和死者——她、诺亚、奥珀尔、哈罗德、贾妮、玛丽、她的父母，或许整个世界都算；而且，这不算一件坏事，更何况背景中时有巴迪·霍利、琼·卡特·卡什的音乐。

5

我们轻轻地触了触对方的手，
我们的身体仿佛燃起了一团烈火。

1　引自《海浪》，作者：弗吉尼亚·伍尔夫，译者：曹元勇，上海译文出版社，2012 年。

天蒙蒙亮，佐丽就醒了，楼梯还没下一半就闻到了烟味。她走进厨房时，燕麦叫了一声，径直朝后门跑去。佐丽一迈出门外就看到林间透出火红色，还听到远方传来的警笛声，便跑去拿钥匙。

　　消防车刚到，她也到了，特别留意不把自己的车停在车道上，以免挡住后来的车。两辆消防车分别从肯普顿和希利斯伯格赶来，还来了一辆救护车。她看到了正在燃烧的是诺亚的谷仓，而不是他家房子，她的心跳才缓了下来，但看到救护车门飞快地敞开时，她屏住了呼吸，心又开始狂跳。一名消防员跑到房前，用戴着手套的手重重敲门。佐丽将拳头抵在嘴边，用力咬住，开始向前走，觉得头晕时又停下脚步。但紧接着就听到了一声被熊熊大火遮掩住的闷声叫喊，她这才看到诺亚站在鲁比的温室边，抱着一捆稻草。他的前臂都被熏黑了，鼻翼偾张，眼睛瞪得那么大，简直和他的脑袋不相衬。燕麦已经穿过树林，一下子冲出小路，绕过谷仓，狂吠着冲向他。诺亚把那捆草举过头顶，扔向火堆。太远了，没有扔进去，但还是烧起来了。一直在敲门的消防员向急救人员比画了一个手势，再向诺亚走去。佐丽又把拳头放回嘴边，跟在他后头。

诺亚吸入了烟雾，咳得停不下来。他们问起谷仓里有没有牲畜或易爆物品时，他说没有，但他拒绝接受救护人员的检查。只要他们靠近，他就狂乱地挥动双臂，握紧拳头，在一阵又一阵咳嗽的间歇大喊大叫，说他疯了，不许碰他，除非他们打算把他送进洛根斯波特，把他锁在里面。有个急救人员是弗兰克·赖特的儿子，叫杰夫，杰夫伸出手臂揽住诺亚的背，却被他狠狠打了一下，以至于佐丽都听到他跟同事说要用束缚带和镇静剂。佐丽过来后，燕麦大部分时间都很安静。她坐在一旁，低吼着，呜咽着，先是看着粗壮的水柱喷向谷仓屋顶与后墙——那儿的火势最严重，火焰足有十五英尺高——后又看向诺亚、佐丽和另外两个平静但挫败的男人。

第三辆消防车刚停下，汉克也赶到了，他迅速了解了灾情，还将急救人员拉到一边。过了一会儿，急救人员走向救护车，开走了。佐丽得以靠近诺亚并看到他眼中的疯狂后，发现自己说不出话来，便三步并作两步地走到汉克身边，凑近他说："你要是让他们给他用点药就好了。他不对劲儿。"

汉克看着诺亚，诺亚舌头半伸到嘴外，正直勾勾地盯着他，熏黑的手指狠狠地陷进自己的胳膊。"我知道，佐丽。但这里现在很乱。他们拿的是县里发的公薪，就算他们都是好样儿的，在这种情况下，我认为最好还是让他们尽快离开此地。"

诺亚前一天晚上从大谷仓里走出来、高声招呼燕麦的场景浮现在她眼前。她刚想说什么，汉克却朝他走去。

"你他妈的叫他们来抓我走。"诺亚说着，一边咳嗽一边干呕，在佐丽看来，他的愤怒、伤痛和疯狂比烧毁的树林中呼啸冲出的深橙色火舌更可怕。"你跟他们说，现在到该死的时候了。我就是那个放火的人，我就是那个疯子，他们最好赶紧来，他妈的把我带走，该死的立刻马上把我带走。"

汉克径直走到诺亚跟前，扇了他一巴掌，然后抓住他的肩膀使劲摇晃。诺亚不停地咳嗽，催他去把病院的人叫来，说他疯了，他们必须来，现在轮到他放火，他等得够久了。汉克只是站在原地，肩胛骨下洇出半圈汗迹。过了好一会儿，一直说个没完的诺亚似乎平静了一点，汉克的手却始终扳住他的肩膀。他站在那儿凝视诺亚的眼睛，不知道有没有把诺亚说的一切听进去，但无论如何他都没有回应。当他对佐丽说事态已被控制住、她最好带着燕麦回家时，他依然站在那里，佐丽也在原地一动没动。

"我不能走。"她说。

汉克说他并不是在请求她走。

她离开时，燕麦很不乐意地在副驾座上乱抓乱挠，又有其他人到达了现场。一年前才从希利斯伯格志愿消防队离职的莱斯特也迅速赶来了，把车停在边沟里，一下子跳下车来。还有些人待在他们的车里，没下来。坎迪·威尔逊坐在她的林肯车的驾驶座上，一只胖手捂着嘴和上唇，泪水滑落脸颊，大大的镜片反射着火光。

上午十点左右，风向变了，尚未散尽的烟雾朝田野上空飘去。不过，烟雾味一直留在空中，飘荡在佐丽家的走廊里，飘荡在厨房餐桌上方，甚至在佐丽拿碗时从打开的橱柜里涌出来。风向改变后，佐丽只需望向旁边的窗外，越过一排排新长起来的翠绿色玉米，就能看到消防车在撤离，现在，那儿肯定是一堆浸饱了水、焖烧的灰烬，但她没去看。她反而坐在椅子里，翻阅哈罗德以前给她买的地图集，玩着记忆游戏，看她还能认出多少个国家和城市。有点厌倦后，她又翻看起了园艺用品目录，犹豫着要不要邮购一把有专利橡胶手柄的新铲子，还是直接跑进城里买。大概有一两次，她感到胃里抽筋般的绞痛，想知道诺亚是不是还在说那些，汉克是不是仍然站在那儿，双手搭在诺亚的肩膀上，还是说，诺亚要说的一切让他受不了了，诺亚已经如愿以偿，洛根斯波特州立医院的医护人员已经来了，带他渡过想象中的那道鸿沟，送他抵达奥珀尔住的那栋楼的走廊尽头的某张床，就在那儿，在医护人员的认可下，他尽可以躺在自己的毯子下面，颤抖着度过余生。

那天下午，莱斯特回家洗完澡后，过来看了看佐丽。佐丽拿出冰水，他们就站在她家近前的一棵山核桃树下。莱斯特说他多少也见识过几次谷仓失火，但这是他见过的最严重的一次。萨默斯谷仓是鲁比的祖父建造的，曾是本县最大的谷仓，至少也算最大的谷仓之一，里面堆满了木椽和杂物，都是随时会烧掉的那类东西。他们抢出了不少很好的旧农具，但也眼睁睁地看到同样多的好东西被烧得支离破碎。莱斯特说，去过现场的每个人都知道那是纵火的结果，更何况诺亚逢人就这么说，甚至在稍微平静下来之后，他还说他们现在不得不来把他带走，因为他干出了这种事。莱斯特还说，汉克不仅负责维持秩序，还兼任约翰逊镇的消防督察员，他用足够大的嗓门说了一通，确保每个人都能听到，而且语调中不带一丝幽默感，他说，就算纵火烧掉自己名下的财物是一种犯罪行为，这起大火也不能算，因为很明显罪魁祸首是线路故障。

"他希望他们带他去奥珀尔那儿，"佐丽说，"帮他完成他自己不知道怎样才能办到的事。"

"差不多就是这么回事儿。"莱斯特说着，喝了一口水，舔了舔嘴唇。他在嘴里漱了漱口，用鼻子大声地哼出气来，说他没法摆脱那股烟味。佐丽说她甚至试过用李施德林漱口水，但一点儿也没用。

莱斯特做了个鬼脸，用食指抹了抹门牙。"有一块墙没被烧到。在废墟中赫然立着。他们把自己的名字写在了墙上。"

"谁写的？"

"他们写的。墙上写着'诺亚和奥珀尔·萨默斯'。肯定是她写的。"

"他会写字。"

"我见过他的笔迹。有点难读的那种写法。这几个字很工整，看起来也不像是花了一星期才写出来的。"

佐丽努力回忆奥珀尔住在萨默斯家时她在哪里。她还住在姑妈家吗？已经去过渥太华又离开了吗？一下子竟想不起来，这令她苦恼。无论如何，那时候她还很年轻。年轻，但正在走进她的人生。走向格斯、贝茜和绿眼睛的哈罗德。走向诺亚和他的悲伤，走向独自住在这个农场的这些年。

莱斯特喝干杯里剩下的水，嚼碎了一块冰块，然后看着她。"你还好吗，佐丽？汉克说你今天早上在那儿待了一会儿。看到那种场景可不好受。"

一只松鸦停落在山核桃树下方的树枝上。它迅速侧身两步，在右翼啄了一下，尖利地叫了一声，又飞离了他们的视野。佐丽点点头。她心想，确实极其难受，眼看着汉克那样按住诺亚，燕麦狂乱地奔跑，消防员互相大吼大叫，水从烟雾、蒸汽和火焰中喷泻而出。

莱斯特把一只手揣进口袋，又往嘴里倒了一块冰块吮吸起来，摇了摇头。"他以为只要把自家谷仓烧掉，胡闹一番，他们就会来，事情就能办成。谁都知道诺亚心里有一大堆烦恼，但剎不住的失心疯并不算其中之一。"

汉克·邓恩深有同感，莱斯特走后没多久他就来了，想看看佐丽有没有从大清早的"怪事"中缓过来。他说，且不说他觉得诺亚在有些方面的怪异是不容置疑的，但他这么一闹，肯定会让别人有充分的理由抓起电话，把穿白大褂的人叫来。他这么做真的太傻了，比作案未遂好不到哪儿去，虽然仔细一想也情有可原。奥珀尔的家人不想让他去洛根斯波特，也安排好了一切措施以确保他远离奥珀尔，现在鲁比不在了，不会再惹她恼火了，所以他想也许可以掏出火柴，凭一己之力跨越这个障碍了。但这恰恰是性质不同之处。奥珀尔坐在亲手放火烧毁的屋里，他没有像她那样坐在谷仓里。他俩都希望大火把自己带走，但他放的这场大火预设了纵火者终将幸存。

"好吧，"佐丽说，"但他为什么不在几年前直接去签字，让她出院，带她回家，想办法在这里照顾她呢？鲁比肯定会帮他的。我们都会。她的家人怎么说又有什么关系呢？她是他的妻子。"

汉克摘下帽子，擦了擦额头上还没彻底洗净的烟垢和汗水。"但事情就是这样的，"他深吸一口气，又说道，"事已至此，没辙了，佐丽。她并不是。"

"不是什么？"

"他的妻子。"

"我没听懂。"

"他们一直没有结婚。"

"他们没有结婚？"

"在法律层面并没有。他们在一起的时间也不够久，算不上事实婚姻。他俩认识时，奥珀尔就是由她家人监护的成年被监护人——好像有个术语，我不记得了——她十几岁时就在那个地方住过好些年，到如今，等于说她大半辈子都待在那里。他们只有过结婚的打算。"

"你是说他们订婚了？"

"他们说是试婚。她的家人很高兴能甩掉这个包袱，希望能永远甩掉，而且维吉尔的想法很超前，也很有说服力，我估计他提到了古代先哲某些另辟蹊径的做法，鲁比也同意了。抛开朋友间的交情，我甚至不记得他们为什么要跟我说这事了。我当时不过是个喜欢听维吉尔胡侃的警官。他们指望到年底操办，看看让牧师和法院介入是不是有用。"

"我都忘了那不过是一年间的事。"

"是维吉尔联系了洛根斯波特——因为，就算他不打电话，我们警局也不得不出手干预了——当时，诺亚抱着她，死活不肯松手，也不肯从他们家里出来。那件事过后，她的家人重掌监护权，禁止诺亚接近她。"

"大家都知道这事吗？"

"如果'大家'包括我，现在你也算，那就是每个人都知道了。在本地人看来，不管她从哪儿来，他俩就是正经结婚的。"

不管是故意还是偶然，他俩都转过身，不再面对烟雾和废墟的方向，现在他们都面朝南方开阔的田野，能一眼望见印第安纳波利斯。佐丽把双手撑在腰胯。

"为什么，汉克?"

"为什么他们这么想?"

"不，你为什么现在把这件事告诉我?"

汉克耸了耸肩，清了清嗓子，扭头啐了口唾沫，又为此道歉。接下去的片刻，他好像被衬衫侧边的一点污迹吸引了，之后又在裸露的前臂上挠了一会儿。再次开口时，他的声音平静而缓慢。

"因为在我看来，我们住在这条路那头的朋友没有守护天使了，佐丽。他需要有人关心他，而且不只是周日和他握个手。他需要有人在身边，而且能待久一点，不只是喝杯咖啡。"

"你的意思是，比如你和我。"

"尤其是你，我是这样想的。"

"我懂了。"

佐丽深深吸气，把身体的重心从一只脚移到另一只脚。她的脖子很酸，好像落枕了，衬衫也好像粘到了背上，不是她喜欢的感觉。燕麦的兴奋劲儿还没完全消退，小跑着穿过院子，吠叫着跳进了一丛躲过了佐丽的长镰刀的飞蓬草里。汉克再次开口时直视着她的眼睛。

"我希望我能直言不讳。以前提到这个话题时，就是我以前来看你那阵子，说这些事未免扫兴。我不否认。实话实说。但这次事出有因，不得不说。"

佐丽也盯着汉克看，一只手捂住脸颊。她欣然地确定自己没有脸红。她想，恐怕是早上地狱般的灼热夺走了她的温度，她希望自身的热度能缓缓复归。

"我们要观望他一阵子，"汉克说，"要密切关注他。他要是再玩一次这种把戏，准保把自己折腾进监狱，而不只是被束缚在精神病院的束身衣里，要不然他只会毁了自己。我觉得他心里不只是有一团火，我跟他说了，今天早上在那儿说的，说我就是这么想的，说了十几遍，但我不确定他有没有听进去。"

"你刚打了他一巴掌。"

"他刚烧毁了自家谷仓。"

"所以，你想让我去敲他的门，把你的话再说一遍吗？告诉他放一次火就够了？"

"差不多吧，"汉克说，"我不知道怎样做才算最好。照我想，能做到前半句就够好了。"

佐丽没那么有把握。她不知道光用指关节敲门能达成

143

什么好事。也无法想象以她的方式用力按住诺亚、告诉他从此往后必须把火柴收起来是怎样的情形。她竭尽全力让前夜的清凉泥土再度堆满脑海，但大火的事实、诺亚和奥珀尔从未正式结婚的事实以及她的心跳得如此响亮的事实让她很不舒服，无法积聚又软又凉的泥土。整整一晚，她花了太多时间翻来覆去，千头万绪，反而想不出个所以然，天亮后，她早早起床，想好了要做一只馅饼。她是在后半夜的某个时刻得出结论的，不管她最终能达成什么，至少，她可以带一顿像样的饭菜过去，这样总没错，她还决定取用一些冷冻在冰箱里的樱桃，但透明塑料保鲜盒里的樱桃在晨光里显得太红火了，不合时宜，于是，她拿来白桃，削皮，去核，切块，称量糖、面粉和肉桂，搅拌均匀，倒入她做好的饼皮里。接着，她拿来土豆，去皮，切块，干活时小心翼翼，因为上一星期里她割伤了两次，有一刀切得很深。她喜欢老刀刃划过有颗粒感、质地紧实的土豆时的手感，喜欢它落在砧板上的声响，喜欢凝覆在深色老金属刀板上、她的指尖和强健的指关节上的湿滑的淀粉浆。切完，她将土豆片铺在玻璃盘中，撒上盐和胡椒粉，倒了一点牛奶和几团猪油，再撒上一层厚厚的科尔比碎奶酪。接着，她去园子里切下一棵生菜，拔了几只小圆萝卜、几根胡萝卜，挖出一只甜洋葱，并且，尽量不去留意依然弥漫的烟味，又摘了两只漂漂亮亮的牛排番茄。她把这些蔬果洗净，切好，放在水槽边，然后去换衣服，拿钥匙，去镇上。

回来后，她把火腿肉糜倒进碗里，扯了些面包，敲了几只鸡蛋，把它们混合均匀。接着，她舀了点盐、干百里香和大蒜末，将这一碗食材倒入平底锅，看了看钟。等她把所有食材一齐放进烤箱后，便上楼去冲澡。

她本打算最多瞥一眼谷仓的废墟，但当她把车开进诺亚家的车道时，烧成焦黑色的废墟中依然凄凉地升起几缕浓烟，哪怕她铁了心不去看，那场景还是会攫住她的视线。她站在门边，门前一天还是白色的，现在却像一个黑色边框，框在里面的只可能是坏念头。后墙不知何时已坍塌，有半拉屋顶掉落在诺亚的园子里，下面的东西就算没被烧到也已被砸烂了。有几棵被熏黑的玉米好歹没倒下，正在微微颤抖，它们好像知道，在这样的阳光和微风中，这样的努力可能还是有意义的。放眼望去，大部分地面都被踩平了。烧毁的谷仓周围的泥地上到处是轮胎和靴子留下的痕迹。最可怕的是气味，她刚刚闻到的那种味道。让她联想到被人关在旧煤窑之类的地方，并且被人遗忘，希望落空，永远不会再有盼头。她可以看到没被火舌吞没的那半拉墙，但不知哪位消防员，或是诺亚，靠墙堆放了一些木板，遮住了写在上面的字迹。

只敲了一次，她站在诺亚的边门外还不到五秒钟，他就来开门了。看到她，他似乎一点也不惊讶，还帮她把食物从卡车里拿出来，放进厨房。她把热菜端出来的时候，他摆好了桌子，接着，两人坐好，就是她以前周四晚上过来时他们固定坐的座位。佐丽一向喜欢坐在大大的双窗对面欣赏风景，但现在，她发现视线越过绣线菊，越过橡树，看到的是被烧毁的谷仓的丑陋一角，她真希望自己刚才选了另一个座位。尽管如此，当诺亚问她要不要坐到桌子另一边，避开阳光可能更舒服时，她谢过他，回答说她坐惯常的位子就好，如果可以的话。

每一样东西诺亚都大口大口地吃，吃得津津有味，赞不绝口。佐丽点点头，吃得慢悠悠的，偷偷瞥了他几眼，想看看他——放火之后，以及她已经知道了他做过的那些事之后——在自己眼里有没有变得不一样。说真的，他看上去就像平日里的他，只不过更闪亮一点。他的左脸颊汉克扇过的地方有一片尚能见人的淤青，但他洗过头、洗过澡了，连身工装裤里面穿着干净的灰色衬衫。看起来，他格外仔细地洗过手了。昨天，从手腕开始，这双手几乎是墨黑的，简直就像插进了一桶煤灰。但今天，当他拿起自

146

己的那杯柠檬水时，粗粝的指甲闪着微光，深粉色的旧疤折射出漫射在他们头顶的晨光。

诺亚在火腿面包上淋了好多凝积在锅底的酱汁，吃完第二片面包后，佐丽收拾了一下桌面，拿出几只鲁比的小盘子，准备盛馅饼。她问诺亚该给他切多大的一块，他没有回答，只是盯着橱柜。她咽了咽口水，又问了一遍，见他还是不作声，便切下不大不小的一片，放到他面前的盘子里，再舀起几块顽固地粘在饼皮上的焦糖桃馅，也放进他的盘子里。然后，她给自己切了一小片，喝了一口柠檬水。她拿起自己的叉子，插入饼皮，碰到了里面的桃馅，又把叉子抽出来，当他开始说话时，她把叉子放回桌上。他说话时，眼睛在放光，鼻翼微微翕动，她将双手交叉摆在身前，正如她一整个上午想象自己会摆出的样子，直视他，一言不发，正如汉克所做的那样。过了几分钟，他停下不说了，她点点头，说："好。"又拿起叉子，刺穿饼皮和桃馅，举到嘴边，合上嘴。她一边咀嚼一边点头，然后把叉子放在盘子旁边，再一次交叉双手。

"这只桃子馅饼做得很好，请允许我这么说。"她说。

诺亚似乎决意要安静一分钟，深吸气，看了看自己的盘子，又看了看橱柜，又看了看餐盘。佐丽把头偏向左边，望向窗外。微风吹动绣线菊，几只汗蜂固执地悬停在半空。她任由目光掠过橡树，掠过黑乎乎的废墟，再回转到绣线菊上。接着，她又吃了一口，咀嚼。诺亚拿起叉子，轻轻敲了敲馅饼。他刚开口想要说什么，却又停下，吃了一口馅饼。嚼完，咽下，又吃了一口，赞了一句。佐丽看向他。他笑了笑，又说起话来。

那天下午汉克打来电话，问她有没有去看他，她说她去了，但连守护天使的影子都算不上。她只是听他一吐为快，直到他骂到词穷。

第二天，她带来了新鲜的沙拉和炸鸡块，还把前一天吃剩的土豆和馅饼热了一下。他们和前一天一样坐在各自的位子上，用餐的过程也差不多一样，只不过，诺亚更早一点开始边打手势边说话，而且说的时间比前一天更长。然而，和前一天一样，他给自己盛的食物差不多都吃完了，也没有忘记夸奖她的厨艺并感谢她。佐丽想好了，只要她边听边吃、并且能趁热吃完，那就没什么问题。谷仓已经不冒烟了，吃饭时，当她的目光不经意间落在残缺不齐的谷仓外墙上的时候，她发现自己并不会心烦意乱。

诺亚说的很多话，她在火灾当天的清晨都听他对汉克说过了，现在，最明显的不同在于他的话里夹杂了新的情绪，佐丽觉得是愤怒和不相信，不相信自己哪怕造成了严重的后果，却还是没被带走。佐丽听到他是怎么对汉克说的，所以，当他谈及"自己的愚蠢和该死的疯狂"时她并不讶异，但过了一会儿，他的咒骂渐渐消磨了她的耐心，于是，为他做饭的第三天，她在他喋喋不休的间歇时打断了他，对他说，他尽可招供自己用稻草绕住一根电线再把点燃的火柴扔上去，尽可断言只有疯子才会那么做，那些事她都不了解，但没必要用些难听的词。

又过了一天，他一边吃着烤牛肋排和热酱汁拌生菜，一边为自己说过的脏话向她道歉，并感谢她给他带来热菜热饭，还听他叨唠。

"只要你觉得这能帮你挨过这段时间，你可以想说什么就说什么。"她说。

"我希望不会太久，佐丽。"他说。

"你会挺过去的，诺亚·萨默斯。我知道你会的。"

汉克打电话来问情况，好像对事态的发展挺满意。他曾在晚上开车过来看了几趟，还在日出前来过两趟，每次都发现一切都好，萨默斯家的农场很安宁。她在那儿时会有邻居路过，但他们都不会没必要地久留，是的，就来喝杯咖啡，有些人还会和诺亚握握手。好像没人觉得佐丽大白天坐在诺亚的厨房里、帮他做饭有什么好奇怪的。教堂里，坎迪·威尔逊说佐丽这么关心诺亚是件大好事，要是她自己也和佐丽那样和鲁比、维吉尔那么亲近，她也会这

149

么做。拉尔夫·达夫表示赞同。他说诺亚需要有人陪，需要和人交谈，需要桌上有好吃的，那才能让他好起来。他的海伦走后，女儿们会和他一起祷告，确保他好好活着，确保他需要的东西都在手边，以免他一蹶不振。

"你们俩都聊些啥?"欧内斯特·约翰逊问。

"聊聊这个，聊聊那个。"佐丽说。

卡特牧师最近气色不好，布道时，要让声音传到教堂最后几排都很难，他说她在以基督的方式行事，还建议她下周带诺亚一起来教堂。佐丽说，如果时机合适，她会问问他愿不愿意，卡特牧师说，对这个问题来说，时机总是合适的。牧师现在闻起来有股酸味，像穿久的衣服，或是未经沉淀的青贮饲料。他说话时总是和别人靠得太近，两只手总会激动地比画，俨如在他身体周围筑起一道难以冲破的屏障，佐丽历来不喜欢他这样，但她告诉他，她会找个合适的话题借机提及此事。

做完礼拜后，她匆匆赶回家，把早上用高压锅煮好的青豆和火腿热了热，又切了点黄瓜和洋葱。这天和往日不同，空气特别清新，微风轻拂，有只小鸟在园子啁啾鸣唱。阳光透过窗户，把她带来放在餐桌中央的百日菊照得熠熠生辉，让她想起了鲁比，想起了那天在卧室里帮她的双手抚摸阳光。她本不想提起卡特牧师或教堂里的任何人说过的话，但在洁净的厨房里，桌上摆好了美味的夏日食物，手捧一杯冰茶，佐丽发现她对教堂抱有的热情重返心头。她带来了苹果馅饼，用勺子把酸奶油涂抹在她切好的那片馅饼上时，她说她最近很享受做礼拜，还问诺亚有没有想过星期天去希利斯伯格。诺亚说他没想过。佐丽用心看了看他，想看看这个问题有没有让他烦恼，但看不出任何迹象。过了一会儿，她问他为什么没想过。诺亚非常简单明了地说，那地方不是他去的。对他的母亲来说，教堂曾是一种安慰，避难所，他明白，但他自己不会去教堂打发时间，不管是周日还是别的日子。

佐丽意识到自己踏入了自己没必要插手的领域，尤其是现在，诺亚放火烧了自家谷仓、希望被送往州立医院还不到一周，刚刚安定下来也不过三天，她本想就此打住，但诺亚好像还有一肚子话想说。他指出维吉尔从没想过去教堂，但后来为了让鲁比高兴，还是去了，一直到他生命的最后几年。诺亚成年后，他们谁也没有坚持让他去，所以他就不去了。他会在节假日观礼，从不拒绝在那些场合里、在适当的时候低下头，还在鲁比弥留的那几天里为她念过经文，但他不曾被召唤。他觉得那儿应该会有很多呼召，也承认有些甚至可能是永恒的，但他不确定那是否需要一个名字，是否需要在乡间用木头或石头以其之名建造

151

那么多小房子。

那天下午的大部分时间里，佐丽和莱斯特把去年收成的一部分谷物拖上电梯，然后又给百日草除草，同时一直在反复思量诺亚的话。她想的是，最主要的是，假如她的热情多半是因为今天天气好，她的兴奋是因为又和诺亚共进了一次午餐，那么，她到底有没有领受到召唤呢？和哈罗德在一起的那几年，乃至在人生的早年，她显然有过很多感觉，清楚地感知到她所做的几乎每一件事都带有某种特别的、必定是神圣的东西。回顾哈罗德死后那段日子里她所做的那么多个小时的祈祷时，她怀着感激之情，甚至可以说是欢喜之情，当然，多年来，即使她的热情大大降低了，她也不后悔每个周日去做礼拜。但她回味着和诺亚的交谈再来思忖，却发现不确定昔日有过的那种感觉究竟是什么、现在又跑去哪儿了。

那天晚上和莱斯特一起检查豆子时，她说了一点想法，但没有提到诺亚。他说那是埃玛琢磨的事，他不会去想，但依他看，在这种事上，你要么都整明白了，要么就是不明白。关于天堂和地狱，他这辈子都没细想过，但他觉得那作为更深沉的情感的出口应该是可靠的，提高嗓门、谦卑低头地劝荐都没错。

那天的晚餐很清淡，番茄汤、芹菜和薄脆饼，佐丽吃完后和燕麦坐在一起，想知道这种感觉——确实只是一种感觉——是不是对年轻人和老年人来说更容易接受，而对普通的中年人来说，要想不坠跌，就不得不仰仗老习惯的翅膀再飞上几年。如此看来，她把这种感觉视为一种已然变凉但还没冷却的东西，但它有一个核心，可以受到鼓舞、重新振奋起来。而这种鼓舞，在她看来，应该直接来自天际，而非他人，她的烦恼在于是她和诺亚提起此事的，他大概会认为是她在鼓动他。在他心中某处也许真的有过那种感觉，也许没有，但除了他自己，她或其他任何人都不能替他去试探、去怂恿他去什么地方。

第二天她向他道歉。他说没什么需要道歉的。她坚持。他说灵魂是一个人最宝贵的东西，正如维吉尔说的，朋友和家人共同组成了一曲灵魂的交响乐，哪怕嘴上不说，也该永远珍惜。维吉尔曾说过，生命里多半是挫败和恐惧，而灵魂，不管你从基督教还是别的立场去看，都是人类的真心所在，假如你期盼灵魂能历久弥坚地坚持下去，就要给予灵魂充分的慰藉，不管以这样或那样的方式。佐丽说，不管怎样，像在卡车停靠站布道的传教士那样来到他的餐桌边、劝他去教堂的做法丝毫不能让她自豪，况且，这么多年来，他显然比她更了解教堂。

"我想，"诺亚说，"眼下对我来说最重要的是你每天都会出现在这张餐桌边。"

那天晚上，佐丽无法入眠。她像热油里的培根按捺不住自己，翻来覆去，不止一次地把床单卷成一条。她好几次起身下床，和燕麦一起坐到门廊上，燕麦只顾着打呼噜，甚至当佐丽推了推她，问她觉得诺亚说的那句话是不是当真时，她也是一副无动于衷的样子。过了一会儿，佐丽又跟她说答案并不重要，因为她不想知道，任由她的想法疯狂地顺着那个方向发展下去的正是她自己，燕麦就不再搭理她了。她站起来，把脸贴近纱窗，尽可能凑近地去看一只在纱窗上过夜的木蠹蛾的眼睛。她站在那儿盯着它看，想知道它的小脑瓜在这个漫漫长夜里想了些什么，对她来说很渺小的念头对它来说却很重大，看着看着，她轻轻拍了拍纱窗，才意识到这只蛾子早就死了。

起风了。蟋蟀累了，或是受惊了，不再闹腾。时不时有只蝙蝠飞过。她不知道到底有一只还是两只还是更多只蝙蝠。几年前，她种下了一棵日本枫树，就着维修灯的光晕边缘，她现在能看见树枝左右屈伸。站在门廊，望向庭院，她想起了哈罗德和萤火虫，一时间有了愧疚感。继而又大声地问自己，都过去这么多年了，她到底在愧疚什么。

午夜过后的某个时候，自下午开始蓄势待发的暴风雨终于发力了，闪电横贯田野上空。佐丽知道这么想很愚蠢，甚至有点不合时宜，但当雷声击穿潮湿、阴沉的空气轰然落下时，她不能不认定这和自己日思夜想的事有关。火灾发生后，诺亚几乎没再提起奥珀尔的名字。但他跟她说了，说她在那儿有多重要。他说了。说得明明白白。

第二天中午，雨还在下。佐丽挺直身子，手肘撑在萨默斯家的餐桌上，吃了几口里脊肉，那是她花了一番工夫精心烹制的，但好像没有令人惊艳的滋味。她看上去疲惫不堪，像极了被燕麦叼住脖子、在院子里拖来拖去的小东西，就算她真有那么惨，诺亚也没说什么。事实上，除了这一餐的优点、糟糕的天气，他几乎没对别的事物发表什么议论，当然，也没再说一遍他很高兴有她陪在他身边。倒不是说她对此有所期待。那晚，夜更深时，她告诫自己，她之前听到的可能是诺亚第一次、也是最后一次如此坦言，而且几乎可以肯定的是，他要表达的意思和她所理解的不太一样。虽然，但是。汉克看出来了。很早以前就看明白了。他叫来帮忙盯着诺亚的是她，而不是坎迪·威尔逊。也不是莱斯特。只要他开口，总有人会答应，哪怕或多或少有点勉强。汉克看懂了她凝望小路尽头时的眼神。也许他也看出了沿着同一路径投向她的目光中的些许端倪。她越过面前交叉的银餐具看向诺亚，又将目光移向她的玻璃杯的一侧，再移向她半捏在手里的皱巴巴的蓝色餐巾纸的左侧，她无法让自己相信那种可能永远都不会出现。不知何故，她知道有一种不可思议的神秘力量正在发生作用，甚至就在她坐在那儿、又起她的里脊肉的瞬间，这一切正在被转化成某种机缘，然后，到了那天下午的晚些时候，等她回到家、三心二意地拔除胡萝卜边的杂草时，机缘又变得无关了，她必须采取行动。

只不过，她不知该怎么办。之后的几天里，她继续为诺亚做饭，和他坐在一起吃，两人都很少说话。有一天，他的疯劲儿又冒出来了，吃汉堡包吃到一半时，他突然走到窗边，痴望谷仓的残迹。他站在那儿一边摇头一边喃喃自语时，她想象着自己一吐为快，把她在床上、在前廊、在镇上排队买肉时酝酿出的那些词句全都说出来。她酝酿了一篇长长的腹稿，讲的是爱情如何在深夜的幻象中降临到她心中，如同一条用绵绵耳语之言织成、能让你永远暖暖和和的毯子，就像人们设想中的镭那样。爱的承诺、耳语之言都是真的，但镭是假的，她是这样对自己说的，也有深切的感受，但在诺亚的餐桌旁，一想到自己要大声说出这些话，她却莫名惊骇，好像她说了就会爆发歇斯底里的大笑，或是大哭。诺亚重新落座，并为自己再次激动而道歉时，她觉得——虽然她什么也没说——她已经打出那一手牌了，也明白了那是一手烂牌，明白了她就该直接放弃，明白了她根本说不出来。她端坐着，把自己看成一个江湖骗子，一个狡诈的机会主义者，然而，任何一个正派人都不会占那种便宜的。如果诺亚的行为是出于绝望，如同尽力吸入最后一口气，只求驱散日渐脆弱乃至无力支撑的情感所倾尽的低迷絮语，那就没关系，佐丽这样告慰自己。有着蓝莓色瞳孔的奥珀尔曾经坐在这张餐桌边，现在，她和她的洞穴、土堆依然在一小时车程之外的那里，假如佐丽亲手送给她的唱机能被允许使用，她或许正在聆听旋转的唱片，或是坐定了，正打算吃她的午餐。

她想着这些，却看着诺亚，他的眼神慢慢冷静下来，变回了斯文而略带疏离的目光——就是这个男人，她开始任由自己坦率地遐想，自从多年前第一次看到他站在篝火边至今，她对他的爱至少已过半途——她把心里的异议搁置起来，重新审阅腹稿，挑出较为简单的部分。"诺亚·萨默斯，亲爱的诺亚，我亲爱的诺亚……"当诺亚清了清嗓子，说太阳好像要出来了时，她笑了，张开嘴，又猛然抿紧，点点头，又笑了一下。

太阳确实出来了。天气预报说还会有场暴风雨，但过了几小时，云团退散，或是转移到了别处，天空的中央看来俨如孩子画笔下明媚的夏日晴空，数不清的小鸟在空中

157

歌唱，还有一轮巨大的、温暖的太阳。佐丽走回家时一直眯着眼睛，心想这片天空和晴朗的天光肯定有所意味，就算并没有，也应该有所暗示。虽然她和玛丽已有一段时间没联系了，她还是拿起了电话，拨通了渥太华的号码，但没人接听。她安安静静地从前廊走到厨房再走回前廊，一圈一圈地走，想知道玛丽没接电话算不算一种征兆。她想知道自己应不应该把维吉尔的那本旧《蒙田随笔》翻出来，看她能不能从中找出任何预言，或是看看自己能记住的世界各国首都的数量是奇数还是偶数，那或许能让她悟出什么，接着，她又突然断定她让自己厌倦了，厌倦了自己神思游散、犹豫不决。她是个五十六岁的寡妇，正要把自己愁出病来，已经纠结太久了。不知所措的她低下头，念了一段祷文以祈求指引。接着又念了一遍，这次念得更响亮，说她需要知道自己该何去何从。还说是时候了。她紧握拳头，闭上眼睛，静静地站了一会儿，想看看自己有没有听到或感觉到疑似答案的迹象。屋里很安静，还有点热。院外的某个地方有只啄木鸟开始啄取小虫，过了一分钟，有辆卡车驶过。"我不懂那是什么意思。"她睁开眼睛，对着眼前的可可小麦咸饼干盒大声说道。她走到外面，坐在屋后的台阶上，双臂抱住双膝，把燕麦叫到她身边，之后的大半个钟头里一动都没动。后来，她上楼去，拿出一件淡蓝色的棉布连衣裙，穿上。

诺亚不在屋里。她去园子找，只看到一只小兔子、几只汗蜂和一群飞个不停的蓝色和黄色的蝴蝶。她不确定他会去哪儿，就走到了田边，他放火烧谷仓前已把他的小拖拉机、手推式割草机、旋耕机和车斗排列得整整齐齐。玉米遮住了视线，她就爬上拖拉机，有点尴尬地站在上面，手搭凉棚四处张望。远处，达夫家那边，有人在拖拉一车干草或稻草。还有一只鹰，看起来像是鹰，在砾石坑上方的高空悬停不动，一大团厚重的云聚集在印第安纳波利斯南部的上空。她在那上面站了好久，倒也不是真的在看，只是在等。后来，她听到鲁比放她的锅碗瓢盆和园艺工具的老玉米仓库里传出敲打声就爬了下来。"好吧。"说着，她拂去灰尘、抻平了裙裾。她走到那棵枝节多瘤的海棠树下，抱起胳膊，她知道，只要诺亚忙完回屋，就必须经过这里。

快要天亮时，瓢泼大雨预示下一场风暴到来，她把卡车开出来，驶过黑暗中的萨默斯家，沿着 28 号公路一路向东开到肯普顿岔路口，再向北穿过镇子，这时的雨水冲刷着车顶，沥青路上的水坑越来越深，在观赏树木和花哨的球形门廊灯旁汇成粗壮的水流。她一路向北开了一会儿，绕过了一片她一直觉得很美、每次都想停下来参观的墓园，再沿着平坦的公路疾驰，路的两边都没有房屋了，只有豆子、玉米，偶尔还有在田边生长的夏小麦可堪区分路段的标志。一开始她开得很快，身子凑在方向盘上，轮胎打滑，在潮湿的砾石上轧出嘎吱嘎吱的声响，但开了一会儿后，她觉得自己挺傻的，哪怕天色还早，她也不喜欢这样招摇，便放慢了速度。本来，她只想在黑暗中、在大雨里、在家附近开开车，直到自己彻底醒来，能够清醒地思考，或者至少能够开始思考，但她一口气就驶过了福里斯特，驶过了格斯和贝茜住过的房子，驶过了早已废弃不用的教堂，那只是她心中苍白的记忆，不再有任何特别的意义，在被雨水淋透的半明半暗的天光里显得格外灰暗而寂寥，然而，她的神智依然没做出任何贡献，没让她感到有所获益。所以，又开了一会儿，她下了公路，沿分区路向西，再绕着罗斯维尔向北行驶，经过了托马斯先生的校舍所在的拐角，有人看上了那栋楼的砖头和烟囱石，早已将其推倒，随后的一段路曾经可以通往她姑妈家，现在那栋小屋也没有了，也被推倒了，地基都被挖掉，种上了大豆。开车驶过这些地方时，她咬紧牙关，哪怕她意识到这样做毫无裨益，还是死死咬了很久都没松开。

驶过童年所能及的最偏远处时，她几乎无从辨认，这时，太阳已经升起，但水雾依然弥漫空中，云层依然厚沉，她好像依然行驶在一个几乎没有灯光、藏在远海深处的洞穴里。她继续向西行驶，大致朝着拉斐特的方向，然后，有弯可转她就转。有一次转弯时，她看到一个睡眼惺忪的农夫坐在自家车道尽头的一辆道奇皮卡车里，但除他之外，她一个人也没看到。她开啊开啊，等她意识到自己竟然在这个县城——她活过的每一个时段都在这里——的正中心迷路时，她把车停在一条车道上，关掉车灯和引擎，下了车。她戴上帽子，走过一小片豆田，那些豆茎那么细，要是是她种的，她都会不好意思承认，再走过一片齐胸高、溅满泥浆的玉米田，那些玉米看起来也好不到哪儿去。她继续走，再次咬紧牙关，用鼻子呼吸，试图思考，想来想去却总是去想那些玉米的长势、天空的颜色和这场冷雨的特别之处。她绊了一下，伸手搭住湿漉漉的、生锈的铁丝网。她浑身颤抖，抓住那些锯齿状的铁丝、弯下腰时，雨水从她晒黑的手背上溅跳起来，她的牙齿在打战，漫长的岁月在她身体里攥成一个拳头，她看着手腕上的青筋，有了想法：残酷又清晰。但她深吸一口气，逐斥了这个念头，移开了那只手。

现在，她浑身发抖，突然觉得累了，或是醒了，总之足以让她意识到自己冻坏了，她把脚伸进高高的草丛中形成的一个小湖的边缘，陷到脚踝那么深，湿透的蓝裙子挤塞在草叶间，她疑惑它有没有让自己漂亮过，除了让她像海绵一样陷在这里，对她还有什么好处可言吗？现在的形象——她穿着蓝色大海绵，在雨中艰难跋涉——让她不再紧咬牙关，让她的嘴角松弛出一丝笑意。她想起那辆绿松石色的跑车在渥太华回来的那段路上为她急刹、急转，又想起贾妮乘上了她梦寐以求的 L 线，再想起她在海棠树下想好了要对诺亚说的那些可笑的话，结果只说了几个尴尬的词，那丝笑意伸展出一个微笑，继而直接变成哭泣。看看继续坚持的你啊，幽灵女孩，她一边想，一边抹去和雨水交杂成一团的头发和脸上的泪水。她往后退，踏入印第安纳州含水量很高的泥浆，然后放弃了，双臂再次交叉在胸前，头向后仰，感受一切的一切自上而下落定。

6

柔和的绿色段落，模糊的柠檬亮点

后来，佐丽的眼前仿佛蒙上了一层迷雾，散去后，已是大把岁月匆匆而过。比起过去，镜中反映出的这个身影——身上有了斑点，脚踝变粗，手指扭曲，头发灰白细疏——更让她烦恼，更让她清醒地意识到时间确凿无比地决意无情流逝。生平第一次，她发现自己开始小心地走动，简直像在爬，她的平衡感有点不听使唤了，有时她甚至会害怕早晨，害怕等待她去完成的任务。

她在田里加倍努力，以求某种补偿，她比以往任何时候起得都早，直到鸟儿暮歌渐收才回去吃晚饭。但她明白，在这一点上豪掷这么长时间并不能阻止她在不经意间砍倒没必要除掉的玉米秆，或是扛起半捆稻草之类无足轻重的东西时感受到不该有的压力。因此，当她在玉米仓库向后跌倒而致前臂骨折后，新雇的帮手埃文·牛顿让莱斯特开车过来和她谈谈，劝她悠着点时，她倒也不太惊讶。莱斯特因为背伤和关节炎，再也爬不上自己的拖拉机了，这时他清清嗓子，双手插进口袋，提醒她，虽然他比她小八岁半，但以他的岁数就已了然：大半辈子都在户外干活的身体必有劳损。

"到时候了，佐丽。"他说。

"到什么时候了？"

"你到了该享福的时候了。"

"你的意思是，我现在就该坐在电视机前，玩玩填字游戏，在教堂里和其他老家伙们玩宾果游戏。"

"我可没那么说。"

"但你就是这个意思。"她说着，用指关节敲了敲石膏，让莱斯特知道这玩意儿有多硬实，然后才坐下来。

她雇用了埃文的兄弟布莱克，还新买了一台六速约翰·迪尔牌乘坐式割草机和两件被凯马特超市标为"夏季庭院长袍"的东西。其中一件差不多就是一个加倍长的枕套，在适当的位置开了几个洞，用价值大约一毛钱的花边装点了一下，佐丽的行动范围缩小了，但眼里始终有活儿，看到飞蓬草和任何不该出现的杂草就用镰刀割掉，而且，刚把石膏从手上卸下，她就开着割草机四处转悠了。

这些年来，她不无鄙夷地看过左邻右舍们弓着背、摊开双臂、坐在约翰·迪尔牌割草机配备的加厚黄色塑料座椅上，嗡嗡嗡地来回转悠好几个钟头，不管在教堂、在银行或任何互相打照面的地方，他们都要在谈论自家草坪时赢过对方。这么多年来，佐丽一直认为草坪上的活儿应该始终排在第十位上下，但别人好几次暗示她家草坪不敢令人恭维，结果反而让她频频放下旧式手推割草机。可现在呢，新式割草机调控简便，拥有经过深思熟虑而设计的多重安全措施，没错，还有非常舒适的座椅，她开着这样的新机器到处转悠，不得不承认她——用开心地注意到这一点的坎迪·威尔逊的话来说——"上了瘾"。就这样，当她发现即便只用一挡，她也能在一天半内割完所有可割的草坪后，索性挺入了她家和诺亚家之间的树林，用布莱克的话来说，但凡她哐当一声放下几张长椅，那地方就是一个像模像样的公园了。

草坪的扩大让她想起了园子，那儿的状况才真是不敢恭维。且不提手臂骨折，她最后一次翻整就让这块地变得可怜兮兮的，估计土拨鼠都没兴趣。上一回她经手的园子看起来这么糟糕还是在新婚后不久她从哈罗德手中接管园子那会儿。她回想了一下，即便那时候，杂草也没有现在这么多。所以，她又是拔又是挖，又是救根苗又是拉护绳，重新种植，浇水，到了八月初，她的园子就收获了不少食材，自用无忧。谷物和豌豆可以冷冻起来，还有豆子可以罐装备用。她还一时兴起种了墨西哥胡椒，结果发现她很喜欢将它们煮熟后撒一大把在冷冻比萨饼或烤奶酪三明治上的味道，虽然她把这种美味佳肴拿给埃文和布莱克吃时，他们只是互相瞅瞅，再看了一眼三明治，就咕咕哝哝着该回去干活了。

八月底的一天晚上，莱斯特打来电话，说他和埃玛第二天要去州里的集市，他想知道佐丽愿不愿意一起去。她已经好些年没去集市了，一去那里，集市的扩容就让她想打退堂鼓。一来，你必须把车停在离入口大约一英里的地方，所以，走进集市的一路上只能看到停在飞扬的尘土中的一长溜儿汽车。再来是人群。集市上素来很热闹，但要么是来看活动的人越来越多了，要么就是挤在同一处的展示台、游乐设施和食品摊越来越多了。莱斯特说他觉得两种原因都有。埃玛建议他们走远点去看看猪，去年卖猪的地方比较安静。

猪舍不仅更清净，而且更凉快，他们一走进去，佐丽就放松下来了。大母猪和公猪躺在木屑堆里睡觉，要不然就对着饲料桶嗅来嗅去，再不然就用它们聪明的眼睛出神地望着他们。有一栏里没有关猪，但有一群小女孩坐在牌

168

桌旁玩钓鱼纸牌游戏，旁边有一对昏昏欲睡的祖父母看着她们玩。到处都是小孩，大多数孩子都穿着闪亮的靴子和醒目的牛仔服饰，自信地用棍子敲打他们的动物。动物展示区在谷仓尽头，但播音员的声音很清晰地穿过人群，传到耳畔。偶尔，他们会听到零散的掌声。他们用了空气清香喷雾来驱散动物的气味。

佐丽说她真希望自己没有放弃养牲口，但莱斯特觉得她不养牲口就能省去很多麻烦。佐丽想起了托马斯夫人，说养牲口也没那么糟，会有些好伙伴。莱斯特吸了口气，说他不确定要不要用"好伙伴"这个词，又补了一句，说她要个伴儿的话，最好还是再养一条狗。他说得轻描淡写，佐丽知道莱斯特说这话前没多想，也不该多想，但她还是沉默了一分钟。燕麦死去的时候非常老，非常亲人，牙齿都掉光了，到后来佐丽都不去记她有多大岁数了，但至今仍很想她，想得很。只要她不在想事情，甚至有时想到一半也会啧一声，时不时地唤出燕麦的名字。

他们在野餐桌边吃了油炸牛排三明治、油炸百慕大洋葱圈、油炸绿番茄和油炸象耳芋，从野餐桌这边可以看到嘉年华游乐场里旋转的灯光。莱斯特说他们真该把自己放到油炸锅里，一起炸了得了，埃玛说她觉得自己快要流出玉米油汗了，这两句玩笑都让佐丽笑出了声。她和一对来自贾斯珀的夫妇闲聊了片刻，他们是跟着教会团体一起来的，尽管他们压根儿不知道别的团员都在哪里。这对夫妇个子很高，都有一张好奇的小脸，面前摆着超大盘的烤牛肉。他们在自家房子后面的一排温室里种花，并利用这次教会参观集市的机会庆祝创业十周年。关于创业和经营，他们没有多说什么，只讲了些关于球茎和郁金香的事，但佐丽听罢，心里生出一个想法，当天余下的时间和回家的路上她都在琢磨。那天晚上她筋疲力尽地坐在客厅的椅子上嚼着一根芹菜秆时，以及第二天早上出门浇水之前，她都在琢磨。吃过早饭，她先拿出了地图册，翻阅起来，然后才去擦本该在前一天就擦的窗玻璃。

午餐时，她看的是一本过期的《国家地理》杂志，里面有一篇关于荷兰郁金香产业的文章。她在一排排橙色、黄色、粉色和红色的郁金香上凝视良久，再凝视了一番风车、运河、骑自行车的人们和海边的滩涂。她仔细阅读了配图的文章。文中写到了云层会聚集在波涛汹涌的海面上。那天夜里，她打开旧雪茄烟盒，没去碰那罐月光粉，直接拿出了哈罗德的信。她用细绳把那一摞信绑起来了，过去那么多年，她甚至都不记得是自己绑的了。这一摞里有她收到的哈罗德的死亡通知书。她从头到尾看了两遍，再打开地图集，用手指画出一条线，从阿姆斯特丹向下画到海牙，再延伸到陆地外的海域。

她买了一只手提箱，申请了护照，报了一个旅游团，万圣节出发。布莱克送她去了机场，那天他戴着先锋种子公司的深蓝色帽子，一直微笑着站在登机口，看着她穿过通道，登上飞机。空姐用一声欢快的"万圣节快乐"向她问好，指引她坐到一个男人旁的座位里，虽然他穿着紧身西装，却是一副该去足球场的模样。她坐定后，有个身穿黑色斗篷、戴着塑料吸血鬼尖牙的小男孩从她身边走过。

她在三个从未去过的地方转了三次机，却好像并未真正离开过她的座位，随后的二十三个小时都是在昏暗光线里度过的，后面一排是吸烟座，旁边都是穿着慢跑服的大块头男女和坐立不安的小孩，他们都远离舷窗，就算望进黑暗和灯光，也不能真的看到什么。她想知道哈罗德的飞机有没有飞到这么高，或至少有她在攀升时的颠簸机身中所感受到的那种心在下沉的高飞感。但是，当飞行员们用低沉的嗓音通报正在穿过强气流区域，害得某些乘客倒吸一口冷气时，安坐其位的佐丽却很高兴地发现，就算从天上掉下去，那幅幻景也不像她之前担心的那样让自己吓破胆。如果出事了，一切就都结束了，一了百了。所以，从纽约到阿姆斯特丹，她几乎踏踏实实地睡了一程。

接下来的日子对她来说太奇异了，以至于她几乎没关注过自己所属的小旅行团里的其他人。雨天很凉爽，那个城市的一切似乎都在闪闪发光。他们在运河上乘坐游船，吃了配蛋黄酱的炸土豆，然后去了海牙的莫瑞泰斯皇家美术馆，佐丽在一幅小画前伫立良久，画上有一只绑在栖木上的金翅雀，接着的一幅画了代尔夫特的城市景象，各色建筑倒映在银色的水面上。她以前看过画，但这些画好像属于全然不同的类型，用了完全不同的技法，你必须投入很多耐心、很多年月才能让这些画作诞生。发现自己站着看画时竟不自觉地哼着歌，她感到十分惊讶，因为她已经很久没有这样哼唱了，她就这样观赏着被拴住的小鸟，代尔夫特升腾在河中倒影之上，还有两个画得小小的、身穿深色衣裙的妇人在这背景前闲谈，过了片刻，她才意识到哼的是一直在运河游船上播放的《温柔地爱我》。

前一天晚上她睡得很少，差点儿没去参观安妮·弗兰克之家，结果，她发现那些狭窄的楼梯、低矮的天花板、安妮和她家人的照片让自己如此震惊，以至于在阿姆斯特丹最后一天的自由时间里，她又一次排了长长的队，再次登上了那间密室。她在礼品店里买了《安妮日记》，在去马赫拉滕的美国公墓的大巴上就读了起来，甚至当她跟着旅行团参观立满白色十字架的田野时，她发现自己在想的并不是哈罗德，除了一摞留在多年前就不再发光的雪茄盒里的信，就没留下别的下葬之物的哈罗德，而是那个年轻女孩，即将在难以言喻的环境中死去的她曾写道："想想依然留存在你身边的所有美好事物，要快乐。"

最后一天，旅行团去了海边的斯海弗宁恩，大多数团友都满足于就着荷兰华夫饼饼干和一杯热咖啡写写明信片，坐在屋里看看雨，但佐丽走向海滩，径直走到海水边，丝毫不介意她没带伞，也不介意她那一双好鞋很快就湿透了。这一次，她真的在想哈罗德，因为，如果说他有一小部分压在早已失效的月光粉下，还有一部分藏在她心底的褶皱里，剩下的他就都在她面前的深海里的某个地方了。

那一次，她曾在雾气迷蒙中站在距密歇根湖不到一百码的地方，但她此生从未见过如此壮大、比大池塘还要大的水域，当然，也从未见过海浪。一次又一次，海浪把潮湿的沙推向她，再退去。每一样东西闻起来都是盐和海的味道。她的脚下有贝壳和闪闪发光的海草，头顶有海鸥飞翔。一艘挂着橙色帆的小船沿着地平线疾驰而过。她试着用目光追随它，却发现它唤起了记忆，令她想起一个有风的日子和一片绿油油的新麦田，但她面前的白浪碧波从未停止涌动，从未停止咆哮，这种类比因而无以为继。在她眼前的景象和任何东西都没有相似之处，仅仅是其本身。

她突然想到，如果哈罗德正是坠落在这片不可思议的海面上，再消失于其下，那也不尽然是坏事。将他从天上撕扯下来的那团大火会被瞬间浇灭，飞机瞬间冷却。哈罗德和他的战友们应该会坐在飞机里，穿过气泡、急流和冰冷、舒缓的海水，沉入一个奇迹般安静的世界，在那里安歇。

"五㖊深处躺着你的哈罗德，"佐丽大声喊道，"他的骨骼已化作珊瑚；珍珠是他往昔的双眼。"这些句子[1]来自托马斯先生的课堂，越过了大洋，越过了时间的池塘和湖泊，传到了她的心中。她不记得后面的句子了，只记得结尾，她穿着沾满沙子、湿漉漉的鞋站在那儿，意识到她面前的这种离奇以水的姿态，畅通无阻地从海峡蔓延到大海，汇入任何地图集都无法指明、任何言语都无法涉及的汪洋。那种离奇使大地和裹挟大地的空气看起来更为巨大，因为那是由永恒构成的，而永恒包容万物，包括她。她想象过，在旅途中的某个时刻她可能会哭，但事实上，洒落在她脸庞的是雨水、是咸咸的水雾还是眼泪，她真的没法说清楚。

洗完热水澡后，她坐在自己那杯咖啡边，桌上放着安

1　引自莎士比亚戏剧《暴风雨》中的《爱丽儿之歌》，原文中不是"你的哈罗德"，而是"我的父亲"。

妮的日记，她试着去想象火势越来越大、海水向她涌来，或是藏身之处的墙壁向她压迫而来、德国人越来越近时，她能不能保持勇敢，但她意识到自己太累了，没法追问下去。桌上的糖罐边摆着一束血红色的大丽花。灯光渐次亮起，满满一窗的大海渐渐暗黑。嵌在沉重镜框里的镜子挂在华丽的座钟旁边，有位女服务生正在慢慢地往杯子里倒茶。所有这一切，看起来都像是可以入画的美景，尽可挂在她在莫瑞泰斯皇家美术馆欣赏过的那些画的旁边。有位向导走过来，在她身边站了一会儿，很努力地想跟她攀谈，佐丽只是笑笑，摇了摇头。

从阿姆斯特丹起飞的飞机上，她坐在一位名叫埃莉·斯托姆斯的美国中年妇女旁边。埃莉的五官柔和，一脸倦态，还有一头纠结的长发让她时不时地理一下。虽然她有家人住在印第安纳州埃文斯维尔附近，她也常去，但她其实来自密苏里州堪萨斯城。佐丽听到这些话时，她站在沙滩上、风中弥漫的富含盐分的水汽在她的手和脸上留下印迹时的感受重返心头，突然间，谈论家园似乎比什么都重要了。她坐在狭窄的座位上，距离她此生休戚不离的克林顿县的小角落足有半个地球远，而那些构成她岁月质感的人似乎很罕见，甚而是珍贵的，她发现自己谈起他们时就好像他们都有丰功伟业。她唤起的天空里飘下雪花，伟岸的橡树在摇摆中沙沙作响，热狗滋滋地冒出香气，篝火熊熊燃烧。她在渥太华的岁月也在其中。她与贾妮和玛丽共事的工作也变得可爱而寂静了，玛丽最终是在前一年秋天默默地死于心脏病发作，而非死于她长年乐观抵抗的癌症。汉克·邓恩早就退休了，却好像会永远开着他的巡逻车在安静的乡间道路上呼啸而过。她所说的一切似乎都由美在发声。死亡与之无关。甚至对那些死去的人来说也一样。生活就是一切。埃莉点着头，听她说。说到一半，她伸出手，捏了捏佐丽的手。

后来，埃莉闭上眼睛，窝在座位里打起瞌睡，佐丽突然发现她谈到了埃文和布莱克、莱斯特和埃玛、坎迪·威尔逊、哈罗德和他逝去的那些伙伴，然而，她一次也没有提到诺亚。亲爱的诺亚。她也闭上眼睛，头脑因为红酒而感觉热烘烘的，晚餐时她兴致很高，哪怕豌豆很难吃，鸡肉更难吃，这种疏漏让她疑惑不解，她想知道，明明是你拼命想抓住的东西，怎么会那么决然地从记忆中消失，而别的事物却能留下深深的烙印，你肯定不会忘记。被拒绝的羞耻感，因妄自假定而咽下的愚蠢和愧疚，在海棠树下尝试一次亲吻，穿着她的蓝裙子，这一切，依然让她无法释怀，依然会让她畏缩，让她在说话时屡次戛然而止。要是那天她待在家里就好了。要是她没有整好发型、捏捏脸颊、再穿上那条裙子就好了。当她清清楚楚地说出自己为什么抱着胳膊站在他的海棠树下等他时，诺亚表现出了极度的友善。她伸出双手，在他的肩上尴尬地停留一秒，他的双手仍执拗地贴在身体两侧。因此，虽然他当时开口了，但那一动不动的手和手臂已经对她的请求作出了所有的回答。不再一起吃饭了，也不再有渴望地凝望小路尽头的眼神了，只不过后者消失的速度要慢得多。但这没能阻挡佐丽自那天后的多年里继续牵挂诺亚，也没能阻挡她仍会轻柔地拥抱他，在她的脑海里，非常温柔地拥抱。

她一直在想他，现在，当她看着运河两岸狭长的建筑物时，当公共汽车在又长又平坦的马路上呼啸而过时，当她站在画着坚忍的金翅雀、河道的画作前时，当她告诉埃莉自己一生中认识过、爱过和失去过的贝茜、格斯、维吉尔、鲁比、她深爱却死去已久的哈罗德，甚至死去更久、曾和她一起躺在圣诞树下的姑妈以及她几乎不认识的父母时，她意识到了这一点。她想着诺亚，想着变得更孤独、更远离尘世的他，想着包围在寄给他的信里，退缩到他在谷仓废墟周围建起的小屋里，沉浸在他的思绪中，在那堵不可撤销地写下两个相连的名字的墙的周围的他，她仍能感觉到内心深处的那种拉扯，哪怕现在这种拉扯与她的羞愧和内疚联系在一起，她也一如既往地珍爱着。

诺亚刚开始接受他们不会来接他走、不会送他去洛根斯波特这个事实后，曾在餐桌边爆发过一次，他说，不管你亲眼见到爱人的次数是多么稀少，你仍然可以热烈地爱她，爱与距离并非不可相容，未必是"反比例的"。他还引用了奥珀尔在寄给他的信中写到的一句话，那是她从一本病院访客留下的法国诗人[1]的诗集里看到的一首诗，或是诗里的一句话：

<pre>
        的   宛
    我   心   如
    焰   一
        火   朵
           的   颠
              倒
</pre>

　　诺亚说，这句诗里的单词被写成心形。自从她将双腕交叉、压到蓝色布裙的背后、幡然醒悟自己的尝试失败了之后，佐丽经常想起那颗心，当时诺亚对她说，他的妻子还活着，哪怕她可怜的好丈夫都不活了，她还活着，所以，也许，她最好还是别再带着做好的饭菜去他家了。她开始打瞌睡时，忍不住思忖：人在飞机上时，爱，甚至是

1　纪尧姆·阿波利奈尔（1880-1918）。

不可能的旧爱，会不会让你的心来回颠簸。

　　旅行归来后的几星期、几个月里，佐丽的日子似乎需要消停一下。冬天漫长，格外寒冷，除了去教堂和进城，她很少出门。有一次，埃文说动了她去高中看场球赛，只要本地球队得分，她都会和主场观众们一起欢呼，她也很喜欢看着年轻的身体穿着鲜艳的球服、带着橘色的球在球场上跑来跑去，但她回到家后就发现自己精疲力尽，便拒绝了下次再去。她更喜欢晚上安坐在家，偶尔打开电视看新闻或电影，甚至玩玩填字游戏。

　　有天晚上，她正在犹豫打开一罐咸牛肉当晚餐还是只吃半只苹果时，有人敲了一下门。她把门拉开，发现诺亚站在门口，手里拿着一只白色的小盒子。她打开盒子，看到一只彩色玻璃做的蓝色松鸦，诺亚说她可以把它挂在窗上，让它反射午后的阳光。接着，他感谢她寄了一条印满郁金香图案的围巾给奥珀尔，那是佐丽在莫瑞泰斯皇家美术馆的礼品店里挑选的。奥珀尔写信告诉诺亚，说那是她见过的最漂亮的东西。诺亚说他最近做了一两个梦，梦到佐丽在海上航行，想知道她最近过得怎么样。

　　"你想进屋吗?"她问。

　　"不，我觉得最好还是不了，佐丽。"诺亚说。

她把松鸦挂上了南窗。她喜欢它在窗台和餐桌上投下蓝色的光斑，她知道诺亚家的南窗上挂着玻璃凤头鸟，也喜欢这种遥遥相对。

三月初，她架起植物生长灯，开始在地下室里育种。当绿色的小芽钻出潮湿的泥土时，她感到自己的能量有所回归。季节到了，她就在花园里干活，不过，她发现旋耕机很难操作时颇为沮丧。莱斯特说她环球旅行后可能还没缓过劲儿来，但她觉得不是。春天的空气清冽，好像比以往的春天更冷，风也更刺骨。她早起后去园子里忙活时，不止一次停下来，不管手头正在做什么都要进屋去，在炉子边或某个散热器旁站上一会儿。当然，用不了多久，她又回到了外面，拿起铲子或锄头。

到了四月下旬，园子已然成型：前排是鸢尾花、水仙花和她从荷兰带回来的郁金香球茎，后面的黑泥中还养了一排排浅绿色的植物。有天早上，园子里来了一只年幼的虎斑猫，迂回行进在明爽的绿色和黄色中，恰如之前出现的许多猫那样，她也在佐丽的腿边蹭来蹭去。这只猫有只眼睛发炎了，不停地、轻柔地喵喵叫。佐丽探手去摸，摸到骨头从猫背上支棱出来，她的手指稍稍使劲儿，那只小身板就开始颤抖。她端出一点牛奶和火鸡片给她吃。等她吃完，她再将过氧化氢药水滴进猫眼里。这只猫好像累坏了，在她施药的过程中几乎睡着了。那天晚上，佐丽把门廊的门支开一条缝，在碗里倒了水，早上醒来就看到那只猫蜷缩在角落里的破毯子上呼呼大睡。

天气渐渐暖和起来，她觉得自己又能迈开大步了，还在园子里、割草机上风光地消磨了不少时间。她恢复了以前所谓的干活时段，只要布莱克或埃文开车经过，她通常都会出去走走，虽然她现在允许自己偶尔小睡一下，但当他们结束当天的工作离去时，她基本上都挺立在外面。不过，她确实留意到了，听布莱克汇报农场里的工作进度时她会问很多问题，但不太渴望亲自去田里。

六月，她收到了埃莉·斯托姆斯的来信。欧洲旅行后，埃莉回到圣路易斯的日常生活，却发现自己心不定、神不宁，有成堆的收据和文件需要她集中精力去处理，她却只想把注意力转到更愉悦的事情上。她想知道佐丽经过了那趟旅行，现在在家过得如何。对于这个问题，佐丽思忖了一两天才回信。动笔时，她只想把自己做了什么告诉埃莉，但还没来得及多谈那只虎斑猫的外表——她已经明显怀孕了——她的笔锋突然一转，写到她最近很疲惫，握不住她的锄头，写她开始午休，但并不以此为荣，总之，不像以前那样有干劲儿了。她常想起安妮·弗兰克在那么短暂的生命里创造出了那么多奇迹，可是她呢，拥有了更漫长的岁月，却仅仅像个十便士的发条娃娃般走了个过场。这个世界，她写道，就像是从她的指间滑落下去了，所有的轮廓和细节正在一点点地消失。她觉得自己像一片海滩，或是她曾经漫步而过的沙丘，不知道下一次海浪、下一阵风经过时会把她改变成什么样儿。最后，她提到她们在飞机上的谈话，说她有多么感激埃莉那么宽容地听她喋喋不休。

　　埃莉的回信下周就到了，佐丽一连读了好几遍。埃莉倾斜的字迹非常齐整，写到放慢速度似乎是正确且符合自然的，她在学校里研究过这个问题，也在她的父母和身边的世界中得到了验证。身体是一套美丽的机制，而这种美的一部分就在于身体是不稳定的、有止限的。埃莉认为死亡是好事，因为那能让世界保持真实，让大地的奇迹真切地轮转。她说她知道空谈很容易，但了解死亡的诸多征兆就是另一回事了，她也明白这可能很难，尤其是对一个始终积极向上的人来说，一个"在她的黄金岁月里打开自我世界的大门，飞越天空，翱翔在海浪之上"的人。为了回信，佐丽犯了很久的愁，好几次写到一半就作罢了。好像怎么写都无法充分表达，更不用说尽诉埃莉的信给她的感觉了，最后，她把贾妮的旧明信片从珍藏多年的《蒙田随笔》中抽出来，小心翼翼地粘在一张对折过的厚纸上，把它放进信封。写上埃莉的地址前，她没做出任何解释，只写了三个字，"谢谢你"。

那年晚夏，精力匮乏演变为呼吸急促，她的视野边缘开始模糊，佐丽发现自己不太去想别的事，而是越来越频繁地想起埃莉的信。她会躺在躺椅上，背对着房间，想象着推开大门，盯着白色的墙壁。过了一段时间，她惊奇地发现深水就在她面前闪闪发光，那是她曾在密歇根湖边感知到的，也是她曾在斯海弗宁恩亲眼见过的碧色海水。哈罗德、鲁比、维吉尔或贾妮偶尔会来到床边坐坐，把手放在她的背上，叫出她的名字。但大多数情况下，她只是躺在那里，一动不动，只在脑海中翻来覆去地想。

致谢

　　在理解、撰写夜光表盘绘工及其后来的悲剧时，有三部杰作令我深受裨益：克劳迪娅·克拉克（Claudia Clark）的《镭女郎：妇女与工业健康改革》、凯特·摩尔（Kate Moore）的《镭女郎：美国闪亮女性的黑暗故事》[1]和卡萝尔·兰格（Carole Langer）的纪录片《镭之城》。写作本书时，我的案头书包括居斯塔夫·福楼拜的《一颗简单的心》、弗吉尼亚·伍尔夫的《海浪》、希罗多德的《历史》、米歇尔·蒙田的《蒙田随笔》和安妮·弗兰克的《安妮日记》。

　　感谢许多人鼓励、支持我完成这部作品，包括献词中的三位印第安纳人，还有埃莱尼·西凯里阿诺斯

1　本书有中文版，书名译为《发光的骨头》。（编者注。）

（Eleni Sikelianos）、伊娃·西凯里阿诺斯·亨特（Eva Sikelianos Hunt）、洛娜·亨特（Lorna Hunt）、安娜·斯坦（Anna Stein）、摩根·奥本海默（Morgan Oppenheimer）和莉泽·迈耶（Liese Mayer），谢谢你们每一位。